Questo book contiene materiale protetto da copyright e non può essere copiato, riprodotto, trasferito, distribuito, noleggiato, licenziato o trasmesso in pubblico, o utilizzato in alcun modo ad eccezione di quanto è stato specificamente autorizzato dall'editore, ai termini e alle condizioni alle quali è stato acquistato o da quanto esplicitamente previsto dalla legge applicabile. Qualsiasi distribuzione o fruizione non autorizzata di questo testo così come le alterazioni delle informazioni elettroniche di regime dei diritti costituisce una violazione dei diritti dell'autore e sarà sanzionata civilmente e penalmente come previsto dalla Legge 633/1941 e successive modifiche.
Questo book non potrà in alcun modo essere oggetto di scambio, commercio, prestito, rivendita, acquisto rateale o altrimenti diffuso senza il preventivo consenso scritto dall'editore. In caso di consenso, tale book non potrà avere alcuna forma diversa da quella in cui l'opera è stata pubblicata e le condizioni incluse alla presente dovranno essere imposte anche al fruitore successivo.

© Leggere Giovane Gialli 2015

Gruppo editoriale LeggereGiovane

Prima edizione cartacea 13/11/2015
Quest'opera è protetta dalla Legge sul diritto d'autore.
Ogni duplicazione, anche parziale non autorizzata, sarà sanzionata come previsto dalla Legge.

INDICE

- **4** Nebbia
- **18** Monforte… quaran…
- **34** Le prime indagini
- **49** La prova terribile
- **61** Un giovane biondo, in una soffitta
- **74** Non so!...Non so nulla!
- **88** Il conte Marchionni
- **105** Le due rivoltelle
- **121** Sono stata io ad ucciderlo!
- **136** Un grande amore
- **148** Un dolore più forte del dolore
- **165** Tenebre
- **182** Tentativi
- **195** La conferenza di De Vincenzi
- **206** Epilogo

Nebbia

Piazza San Fedele era un lago bituminoso di nebbia, dentro cui le lampade ad arco aprivano aloni rossastri.
L'ultima auto s'allontanava lentissimamente dal marciapiede del teatro Manzoni, facendo risuonare sordamente il claxon. Il teatro chiudeva le sue grandi porte nere.
Qualche ombra fantomatica attraversava la piazza. Due ombre si scontrarono allo sbocco di via Agnello e una di esse notò che l'altra era quella di un signore in abito da sera, pelliccia e tuba. Il signore per suo conto non vide che un'ombra nera. Non guardava neppure, del resto. Camminava. Procedette dalla piazza per via Agnello nella nebbia, lentamente. Andava.
L'uomo, come se avesse riconosciuto colui col quale si era scontrato, si girò per seguirlo. Ma subito si fermò, indeciso, estrasse l'orologio, e accostatoselo agli occhi, vide che era la mezzanotte passata da qualche minuto. Alzò le spalle e tornò sui suoi passi, dirigendosi in fretta verso il grande portone della Questura, dentro cui entrò.
E allora, cavaliere?
Ah, che vuoi?
C'è niente?
Hai domandato a Masetti?
Perchè?
A quest'ora la squadra è ancora aperta?

Dev'essere tornato Masetti, l'ho mandato a Porta Ticinese. Senti un po' quel che ha fatto.
Furtarelli, De Vincenzi, e avrà trovato i tre braccialetti dal ricettatore.
La rotonda faccia di De Biasi, apoplettica, sogghignava.
È la sua specialità, trovare i braccialetti dai ricettatori.
E la tua qual è, De Blasi?
L'astinenza?
Non mi vanterei certo, d'essere un bevitore d'acqua e limone, come te.
De Vincenzi alzò le spalle, sorridendo. Quel giornalista, tondo e rosso come un segnale di via ingombra, gli piaceva, con quella rotonda faccia da avvinazzato, era sveglio e pronto. Il migliore senza dubbio del Sindacato dei reporters e fargliela non era facile.
Ognuno ha le sue debolezze, De Blasi.
La mia non è una debolezza, è una forza. Senti un po'.
Entrò nella stanza e chiuse la porta dietro di sé, De Vincenzi si alzò di scatto, nascondendo sotto un pacco di pratiche il libro che stava leggendo.
Ho sentito. Se tu ti metti a sedere, te ne vai domattina e io la tua teoria sulle virtù molecolari del vino la conosco.
De Blasi non si scompose, guardò la stufa e fece una smorfia.
Quando vi cambieranno le stufe, qua dentro?
Quella lì appesta, se tu credi che io potrei resisterci, hanno imbiancato il cortile, hanno

cambiato i mobili su dal Questore, hai visto i divani rossi?
Un po' duretti, ma per adesso senza macchie d'unto. Però, a voialtri le stufe vecchie e la carta sbiadita alle pareti non le cambiano, eh?
Sei di notturna stanotte?
Senti De Blasi, e il commissario girando attorno alla tavola si avvicinò al giornalista, tu sei simpaticissimo, ma io per un'ora o due desidero rimanere solo, vattene a trovare Masetti, vattene al Pilsen, vattene in Galleria.
Con la nebbia e tre gradi sotto zero?
Sarai matto.
No, al Pilsen c'è caldo, e poi tu fai presto a riscaldarti.
Leggevi?
De Vincenzi lo spingeva verso l'uscio e De Blasi, pur lasciandolo fare, gli indicava il mucchio delle pratiche sul tavolo.
Hai sepolto il tuo vizio sotto i reati e i delitti, quanti ladri e quanti ricettatori pesano adesso sopra Pirandello?
Vattene, non è Pirandello.
Sì, me ne vado. Ma è vero che studi la psicoanalisi?
Me lo ha detto Ramperti, un giorno di questi mi devi prestare Froind, si dice così?
Chi è Froind?
Un signore, che giustificherebbe tutti i tuoi peccati, dicendo che è di notte che te li sogni.
Curioso, ma perchè hai fatto il poliziotto, tu, De Vincenzi?

Per avere il piacere di arrestarti, un giorno di questi. L'ubriachezza molesta è contemplata dal codice.
Uhm. Quando mai mi hai visto ubriaco, tu?
Vieni al Pilsen più tardi?
Oppure da Cassè alle quattro?
Sì, da Cassè, arrivederci.
Chiuse la porta, mise un legno nella stufa e aprì il tiraggio. Per fumare, fumava quella stufa. Si guardò attorno. La stanza dell'ufficio di notturna era squallida, sul tavolo bruciacchiato dalle sigarette e che perdeva qua e là l'impellicciatura, coperto quasi dagli stampati, dai moduli, dalle cartelle, il telefono tutto nuovo e lucente, sembrava un oggetto di lusso messo lì per sbaglio. O anche una macchinetta chirurgica.
Tornò a sedere, prese il libro sotto il pacco delle carte.
Non era Freud, era Lawrence. Le serpent à plumes. I sensi.
Aprì il cassetto e toccò altri due libri: l'Eros di Platone e Le epistole di San Paolo.
Si rovesciò sulla sedia e guardò il soffitto, perchè mai aveva fatto il commissario di Pubblica Sicurezza, lui?
Ebbe un sussulto e gridò nervosamente: Avanti! richiudendo in fretta il cassetto. Tu. E che vieni a fare a quest'ora?
Alto, magro, elegantissimo, col frak sotto la pelliccia e la tuba in testa, Giannetto Aurigi

entrò in fretta, si tolse la tuba e rimase in piedi davanti al tavolo, fissando De Vincenzi.

Aveva gli occhi brillanti, stranamente lucidi, il volto esangue, contratto, scarno.

Sorrideva, e nel sorriso, le labbra sottili sparivano, sicchè la bocca sembrava un taglio.

Quel pallore e i pomelli rossi colpirono De Vincenzi.

Freddo?

Nebbia. Da piazza della Scala non si vedono le lampade ad arco della Galleria, aghi sulla faccia e le dita intirizzite.

De Vincenzi lo fissava curiosamente, interessato.

Dentro la Scala il sole d'Egitto sui flabelli e sulla gloria dei Faraoni. Subito fuori, il vigile, che batte i piedi.

Schiacciò il gibus, che aveva tra le mani. Si guardò attorno e lo andò a posare sul piano di una specie di scaffale, pieno di cartelle legate.

Si tolse la pelliccia e l'attaccò a un chiodo. Poi, lentamente, sfregandosi le mani bianche lunghe affusolate, andò a sedersi.

E tu sei venuto a San Fedele?

Eh?

Si era astratto e la domanda lo aveva fatto sobbalzare.

Ma sì, non è la prima volta, sapevo che eri tu di servizio.

Tutte le sere sono di servizio qui o di là e tu da molto tempo non venivi.

Già, ma non perchè non pensi a te, mi sei caro, tu. Di tutti i compagni di collegio il più caro, anche se....
Si fermò, preso come da un leggero impaccio o perchè il suo pensiero aveva cambiato corso. Rise. Si guardò attorno.
È triste, qui.
Un ufficio di Questura come un altro. Ma tu dicevi: anche se..., anche se sono diventato funzionario di Polizia, vero?
Dev'essere una vita da cani. Mah, l'inclinazione naturale. Ci sono i ladri. Natura anche quella.
Già.
De Vincenzi macchinalmente toccò il libro, che aveva dinanzi. Per una inconscia reazione, di cui non si rese conto, aggiunse:
I ladri e gli assassini.
Che c'entra?
E la voce di Aurigi suonò stridula, quasi falsa.
Faccio per dire. Sei impressionabile, stanotte. L'Aida?
L'altro rise, credi che influisca sui nervi?
Può darsi.
Distese le lunghe gambe ed appoggiò la nuca alla spalliera della seggiola, socchiuse gli occhi.
De Vincenzi lo guardava, perchè mai era venuto a quell'ora?
E perchè era venuto?
Erano stati compagni di collegio e amici. C'era molta cordialità tra loro, ma forse non la confidenza. Dove trovarla la confidenza, del resto, in questi tempi tra uomini lanciati

ognuno verso il proprio destino, con le proprie passioni, i propri bisogni, i molti vizi del corpo umano?
Ognuno di noi ha un segreto e beato colui che ne ha uno confessabile.
Qual era il segreto di Aurigi, che alle due circa di notte, aveva sentito il bisogno di venire a trovare lui e che gli si stava addormentando davanti lì sulla sedia, come schiantato dalla fatica o dalle voglie o da un torpore malsano?
Squillò il telefono sul tavolo e l'assonnato diede un balzo.
Che c'è?
De Vincenzi sorrise, nulla. Il telefono.
Prese il ricevitore e rispose: Pronto.
Disse qualche monosillabo e riappese la cornetta. Guardò l'altro, potevi continuare a dormire.
Scusami, la musica di Verdi.
Evidentemente, cercava di darsi un contegno. Indicò con la mano, sarà il tuo martirio e il tuo incubo, quel telefono lì.
De Vincenzi mise la mano sulla scatola nera e lucida, toccandola quasi amorosamente.
Il mio caro tirannico telefono, è lui che alla notte, nelle lunghe ore di voglia, mi unisce alla città, esagero. Diciamo al mondo, al mio mondo di commissario, capo della squadra mobile. È per suo mezzo che mi arrivano le voci di allarme, primi richiami disperati.
Ebbe un sorriso indulgente, come se compatisse se stesso, per lo più, sono portinai svegliati dal

rumore dei grimaldelli o dallo schianto secco di un colpo di rivoltella o semplicemente dagli schiamazzi di una comitiva di disturbatori notturni. Guardalo, è tozzo, nero, inespressivo per te. Niente altro che una scatola con una buffa cornetta e un cordone verde, ma per me ha mille voci, mille volti, mille espressioni, quando squilla, io so già, se mi porta un richiamo d'ordinaria amministrazione oppure se mi annuncia un nuovo dramma, una tragedia d'amore e di delinquenza.
Aurigi sogghignò, il mistero da squarciare.
Fa' pure dell'ironia, hai ragione. È così raro il caso di un mistero. Lo vorrei, ma non lo cerco più e non lo aspetto neppure. Nel senso che tu puoi credere, il mistero poliziesco, l'enigma, un colpevole da individuare e da prendere. No, no. La vita è molto più semplice e molto più complessa nello stesso tempo, però, vedi, c'è sempre un mistero che mi appassiona, tragico, fondo, il mistero dell'anima umana.
Poeta.
Aurigi rivide dinanzi a se il compagno di un tempo, anche in collegio faceva versi e declamava tutto solo, come un invasato.
Io mi domando.
Perchè abbia fatto il poliziotto?
Sei già il secondo che se lo domanda, questa notte. Ma appunto per questo ho fatto il poliziotto, perchè forse sono un poeta come tu dici. Io sento la poesia di questo mio mestiere, la poesia di questa stanza grigia, polverosa, di

questo tavolo consumato, di quella povera vecchia stufa, che soffre in tutte le sue giunture per riscaldarmi. E la poesia del telefono. La poesia delle notti di attesa, con la nebbia sulla piazza, fin dentro il cortile di questo antico convento, che oggi è sede della Questura e ha i reprobi al posto dei santi. Delle notti in cui nulla avviene e tutto avviene, perchè nella grande città addormentata, anche nel momento in cui parliamo, i drammi sono infiniti, se pure non tutti sanguinosi. Anzi, i più terribili sono appunto quelli che non culminano in un colpo di rivoltella o di coltello.
Si fermò, come se un'idea improvvisa lo avesse fatto riflettere.
Già, poeta. Tu, per esempio, Giannetto.
Il sussulto di Aurigi fu repentino, visibile.
Io?
Che dici?
Quale dramma vuoi che ci sia in me?
Ma no. Chi pensa ad un tuo dramma?
Dicevo, tu, Giannetto, sei un poeta come me. Non è forse per amor di poesia, che ti sei ricordato stanotte del tuo compagno di collegio e sei venuto qui?
Perchè, infatti, saresti venuto, se non per questo?
Tante altre volte sono venuto e tu non te ne sei meravigliato.
Già, ma questa sera è diverso.
Indaghi?
De Vincenzi ebbe un lampo.

Tu hai bisogno di me, questa notte, Giannetto.
Ma certo. Non sei tu, forse, che puoi darmi l'imprevisto?
Alla Scala mi aveva preso uno strano torpore, nel palco mi sono addormentato, ero sopraffatto da uno sfinimento dolce e morboso. Poi....
Eri solo?
Nel palco?
No. È il palco dei Marchionni. C'era Maria Giovanna e sua madre. Poi è venuto Marchionni. Io dormivo, uno scandalo, mio suocero, il mio futuro suocero mi ha fatto andare con lui nel ridotto, per farmi la predica, erano molti giorni che cercava un pretesto, per farmela. Dice che gioco, che passo le notti al circolo, che mi uccido nei bagordi e che perciò mi addormento, quando mi trovo con la mia fidanzata. Ha parlato di forti perdite, che io avrei fatto. Dice che anche in Borsa ho chiuso il mese con una differenza impressionante.
È vero?
Che gioco? No.
E in Borsa?
L'esitazione di Aurigi fu brevissima. Fissò negli occhi De Vincenzi e alzò le spalle.
Oh, le Tessili sono precipitate.
Ne avevi molte?
Qualcuna. Ma, se mai, questa era proprio una ragione per star sveglio. No, no. È un'altra cosa, te l'ho detto, mi sento sfinito, ho lasciato il teatro prima della fine del terzo atto, avevo bisogno di camminare. La nebbia, il freddo, la

città quasi deserta. Ho fatto la Galleria e sono tornato indietro, sono venuto qui da te, ti do noia?
Mi preoccupi.
Scherzi, vero?
Non ti immaginerai che abbia qualcosa d'insolito, di grave, da rivelarti, sarebbe buffo.
De Vincenzi assunse l'aria del buon fanciullo, che fa tante domande per curiosità. Sorrideva.
A che ora finisce il terzo atto dell'Aida?
Non lo so. Le undici, le undici e mezzo, più tardi, forse.
E avevi freddo?
Io?
Perchè?
Sei venuto qui all'una e mezzo, fà il conto.
Aurigi scrollò le spalle.
Di scatto, De Vincenzi si alzò e andò verso il calendario appeso alla parete. Pose il dito sul numero rosso e guardò Giannetto.
Domani ne abbiamo 28.
Un lampo di terrore passò negli occhi di Aurigi. Visibilmente, la sua forza di finzione lo abbandonò ed lui di colpo apparve smontato.
Disse, convulsamente: Eh, sarà la fine.
De Vincenzi gli si accostò.
Dentro fino al collo, dunque?
Un sorriso sinistro contrasse la bocca di Giannetto.
Ma tu scherzi, De Vincenzi. Che volevi dire, tu?
Che è la fine del mese, semplicemente, e questo l'ho detto anch'io.

Già. Chiusura di mese e di conti. Le Tessili?
Quelle sono in ripresa.
E tu?
E io? Ho gli Acciai.
Che crollano.
Come lo sai?
Lo vedo scritto sul tuo volto.
Sì, crollano. È inspiegabile, ma è così. Attraverso un momento atroce, De Vincenzi. Hai detto, fino al collo?
Di più, di più.
Si alzò e fece qualche passo per la stanza angusta, si muoveva come un automa.
De Vincenzi lo guardava e non avrebbe saputo dire a se stesso, se in quel momento era maggiore in lui l'apprensione per la sorte dell'amico o il desiderio freddo e spietato di guardargli fino in fondo al cervello, di scoprirne il segreto nascosto.
Via, tu sei un bel giocatore, fin dal collegio lo eri. Resistera, ti rifarai.
Allora, Aurigi parlò in fretta, come per liberarsi con uno sfogo improvviso.
No. Non posso resistere. Questa volta non posso più, già il mese scorso era grave, dovetti dar fondo a tutte le risorse. Se ti dico la cifra, non la credi, questo mese dovevo rifarmi e ho giocato tutto, ho lasciato le Tessili e ho preso gli Acciai. Più che potevo. Come un forsennato o come un chiaroveggente, che è poi la stessa cosa. Tu non puoi capirmi.
Ti capisco, continua.

Aurigi s'irrigidì.
Perchè?
Perchè mi fai parlare?
Non sei venuto qui da me, per questo?
Per raccontare a te la mia rovina?
Sei pazzo, a che scopo?
Puoi darmi mezzo milione, tu?
Ah, ah.
Rideva, era chiaro che non poteva trattenersi dal ridere, a quell'idea.
Puoi darmi mezzo milione? ripetè.
No, evidentemente io non posso darti quella somma, ma il conte Marchionni....
Giannetto si fermò e guardò De Vincenzi ad occhi spalancati, come se non capisse.
Marchionni?
Naturalmente, non deve essere tuo suocero?
Quando ti sposi?
Non è ricchissimo, Marchionni?
L'altro alzò le spalle violentemente e riprese a passeggiare.
D'un tratto si fermò.
De Vincenzi, tu mi hai fatto parlare e io non ne avevo voglia. Sono venuto da te, per non pensare. Due ore, hai detto?
Benissimo. Ma, se mi chiedi dove sono andato per due ore, tra la nebbia, non lo so. Ho camminato. Ad un tratto mi sono trovato in Galleria, e sono venuto qui da te.
Sarcastico, De Vincenzi disse, in Questura.
Ma sì, da te, non in Questura. Era un diversivo. Tu potevi avere un bel delitto da raccontarmi. E

un bel delitto mio caro, mi avrebbe dato il mezzo di non pensare alla mia rovina.

De Vincenzi fece appena in tempo a dirsi che l'accento e l'aspetto di Aurigi erano paurosamente sinistri, quando il telefono nero, sul tavolo, squillò a tre riprese rabbiose, laceranti come tre gridi disperati.

Monforte... quaran...

Pronto.
De Vincenzi era andato a sedersi al tavolo ed aveva afferrato il ricevitore, Aurigi gli girava le spalle e fissava il calendario.
Sì, squadra mobile, sono io. Ciao Maccari, di pure. No, aspetta.
Prese una matita e tirò a sè sul tavolo un blocco di carta.
Dimmi ora che scrivo, bene Monforte... quaran....
La voce s'interruppe e De Vincenzi continuò a scrivere in silenzio. Aveva represso a fatica un sussulto e il suo sguardo era corso rapido e terrorizzato a Giannetto, che gli girava sempre le spalle. Poi aveva riabbassato il capo sul foglio di carta. Per un momento era stato come se un gran vuoto gli si fosse fatto nel cervello, ma aveva subito vinto lo smarrimento, e quando tornò a parlare dentro la cornetta, la sua voce suonò calma e indifferente.
Va bene, ho capito benissimo il numero e anche il nome, è morto? Capisco, tu mi aspetti naturalmente, vengo subito, porterò gli agenti che ho sottomano, ma preparati a lasciarmene qualcuno dei tuoi, ciao.
Lentamente, riappese il ricevitore. Aveva lo sguardo duro e la mascella contratta.
Che c'è? chiese Giannetto girandosi. Vide il volto dell'amico e ripetè quasi con paura: che è successo?

Niente, affari d'ordinaria amministrazione.
Volevi un bel delitto, eh.
Premette il bottone del campanello e fissò ancora Aurigi, perchè proprio stanotte volevi un bel delitto, tu?
Io?
Ma che hai De Vincenzi?
Sei sicuro d'aver passeggiato per due ore?
Ma sì, te l'ho detto. E che c'entra adesso?
Basso, tarchiato, un torso quadro e muscoloso su due gambe troppo corte, il brigadiere Cruni era comparso sulla soglia.
Ha chiamato me cavaliere?
Sì, tu e tre agenti, un taxi. Subito.
Cruni chinò il busto in avanti con una specie di inchino, che era saluto e risposta e fece per andare. Il commissario gli gridò dietro, mandami Paoli.
Poi rapidamente prese il soprabito e lo indossò.
Esci? fece Aurigi. Vengo con te.
No, non puoi. Aspettami qui.
Perchè vuoi che ti aspetti qui?
Sono quasi le tre, me ne vado a casa.
Per quanto padrone di se e ormai deliberato a non vedere nell'amico d'infanzia che un caso interessante la sua ragione e il suo dovere, De Vincenzi sobbalzò visibilmente.
Quasi inconsciamente ripetè, a casa?
A casa tua?
Aurigi lo guardò sorpreso.
Ma sì, dove vuoi che vada?
Ma che hai Carlo?

Impazzisci?
Ti sembra?
Stava per fermarsi e mettersi ad interrogarlo, poteva essere un mezzo, ma subito ci rinunciò e fu con voce fredda che disse, no non andartene, aspettami qui. Te ne prego. Avrò qualcosa da raccontarti, al ritorno.
L'altro alzò le spalle.
Come vuoi, infatti, perchè dovrei andarmene a casa?
Sorrideva, sedette.
L'agente Paoli comparve nel quadro della porta.
Sono qui cavaliere.
De Vincenzi si mise il cappello, fece un segno di saluto ad Aurigi e raggiunse rapido la porta, Paoli si fece da parte, il commissario gli sussurrò brevemente un ordine e sparì.
L'agente aveva sobbalzato e adesso fissava con curiosità professionale l'uomo in frak, che seduto tranquillamente, tamburellava con le dita sul tavolo del commissario.
Mi fate compagnia?
Se non la disturbo.
L'accento della guardia non era nè ironico, nè rude, ossequioso piuttosto.
A me?
Sedetevi, e spinse verso di lui, sul tavolo, l'astuccio aperto delle sigarette.
Ecco gli altri, se Dio vuole, per questa notte sarà finita.

Aveva squillato il campanello. L'agente si era alzato dalla poltrona e si dirigeva lentamente verso la porta d'ingresso.

Il salotto era tutto illuminato, troppa luce, una luce da ricevimento, o da operazione chirurgica. Le tre porte erano spalancate. Quella di sinistra, che dava sull'altro salottino più piccolo, quella di destra della sala da pranzo, e quella in fondo che s'apriva sulla stanza d'entrata.

L'altro agente scrollò le spalle, come se non si stesse meglio qui dentro che al Commissariato.

Sulla porta del salottino era apparso il commissario Maccari. Grassottello, rotondo, tutto pieno di bonarietà, Maccari aveva le mani in tasca, ma il volto contratto rivelava in lui un senso d'orrore, di pietà, di concentrazione preoccupata, che faceva strano contrasto con quella sua aria pacifica da buon borghese.

Stava lì sulla soglia e guardava il suo agente, senza vederlo. Parlava tra sè, smozzicando le parole tra i denti.

Mah. Un brutto delitto, e chi ci capisce un accidente, è bravo. Perchè quel disgraziato è venuto a farsi ammazzare proprio qua dentro?

S'accorse che l'agente stava seduto davanti a lui e lo guardava, sorpreso, battè gli occhi come se si svegliasse.

Avete frugato dappertutto, voi?

Alla veloce cavaliere, una prima occhiata.

L'agente si era alzato, e quando gli fu vicino, gli disse con accento desolato, intanto....

Intanto ce lo tolgono, eh?

Già, lei cavaliere, ha chiamato il commissario De Vincenzi, no? Squadra mobile, la Centrale assumerà direttamente le indagini, è un delitto importante, a noi ci lasciano i furti e gli scassi.
Lo scatto del commissario fu sincero, quasi violento.
E voi ringraziate Iddio, questa volta.
Oh, per me. Ma davvero a lei sembra tanto oscuro questo delitto?
Il nome sulla porta, il nome nelle tasche del morto, la porta spalancata e senza segni di scasso, le luci accese.
Maccari lo interruppe con bonarietà.
Spente, figlio mio.
Ma no cavaliere, tutte accese come adesso le abbiamo trovate, tutto l'appartamento illuminato a giorno.
Già, e c'era buio?
Buio. Le luci erano accese, ma c'era il buio figlio mio, e qualcosa di losco, di viscido nel buio, date retta a me. Non è finita, vi dico io che questa storia è appena cominciata.
Sulla porta in fondo era apparso De Vincenzi, dietro di lui si vedeva il volto curiosamente proteso dei due agenti, che lui portava con se.
Buona notte, Maccari.
Ciao, scusami d'averti disturbato, ma non potevo fare altrimenti.
De Vincenzi si guardava attorno, fissò subito il lampadario, che era tutto acceso, e battè le palpebre a quel chiarore, perchè lui veniva dalla strada con la nebbia.

Figurati, e poi tu non sai ancora quanto hai fatto bene a chiamarmi. Ti dirò.
Si guardò di nuovo attorno.
Tutto qui? chiese.
Tutto rispose l'altro. E nella sua voce c'era come un accento di condiscendenza, Maccari sapeva quel che adesso il suo collega più giovane si sarebbe messo a cercare, le tracce, gli indizi, le orme, la cenere delle sigarette, il profumo nella stanza, e non ne rideva neppure, del resto.
Ma volle mettere le cose in chiaro.
Del resto, io sono arrivato da un quarto d'ora soltanto, ho dato un'occhiata, mi son reso conto che l'affare non andava e ti ho telefonato subito. Tu sei giovane, devi far carriera tu, io?
Ebbe un sorriso amaro, ormai. E per di più i morti mi fanno impressione, ne ho visti da che vivo più d'uno, forse parecchi, certamente troppi per i miei nervi, è così, l'uomo vivo lo detesto. Se fossi sanguinario, io ucciderei. Ma l'uomo cadavere mi fa pietà, e mi fa terrore.
Aveva avuto un fremito, tornò a guardarsi attorno, per cambiare corso alle idee.
Sì, tutto com'era quando siamo entrati. Il telefono è lì nell'entrata, lo avrai visto, ho telefonato alla Guardia medica che mandino un dottore, ma ce n'era uno solo, che ha dovuto avvertire un suo collega a casa, verrà, quando verrà. È morto, può aspettare. Vuoi vederlo?
De Vincenzi non s'era tolto il cappello, per un'abitudine della sua professione. Quella per lui, in quel momento, non era una casa privata,

era il luogo del delitto, e rimaneva lì, in mezzo alla stanza, con le mani nelle tasche del soprabito. Sì, il morto avrebbe dovuto vederlo, o presto o tardi, ma prima doveva dire qualche altra cosa al suo collega.
Non ebbe esitazioni, sebbene un leggero fremito gli rendesse più acuta la voce.
Sai Maccari?
Questo è l'appartamento di Giannetto Aurigi, e Aurig, per uno di quei casi che non mi fanno meraviglia, tanto forte ormai è in me la convinzione che il caso solo ci governa, è mio vecchio amico, compagno di collegio, e proprio stanotte..., s'interruppe. Perchè dir tutto?
Non importa, quel che importa, invece, è che appunto perchè Aurigi è mio amico, tanto più è necessario che io abbia i nervi a posto e che cominci dal principio a non commettere errori. Sento già che, se mi sfugge qualcosa, non mi ci ritrovo più. È meglio che vada adagio, con cautela.
Si tolse il cappello, perchè adesso sentiva caldo, lo posò sul tavolo e sedette.
Raccontami.
Maccari lo aveva ascoltato, fissandolo, lo scrutava, in quel modo che fanno le persone grasse e bonarie, con gli occhi socchiusi, sembrava che ammiccasse, e non sorrideva neppure, invece. Ma quando parlò, sul principio, le sue parole erano venate d'ironia.
Sì, lo so, è un metodo anche questo, adesso seguite il metodo voialtri giovani, ma aspetta, mi

son messo a studiare anch'io un po' tardino, ma non credere che lo faccia per imparare, lo faccio per rendermi conto di quanti errori abbia commesso o evitato, così ignorante come sono, da trent'anni a questa parte.
I cadaveri ti rendono amaro, Maccari.
No, aspetta. Volevo citarti proprio io una regola del tuo metodo, eccotela.
E la enunciò, come se recitasse un versetto imparato a memoria.
Il valore d'un fatto non è nella sua rarità, ma piuttosto nella sua volgarità, e prima di pretendere alla chiaroveggenza di ciò che è invisibile agli occhi della carne, conviene esercitarsi alla chiaroveggenza di ciò che è troppo visibile, e appunto per questo non attira l'attenzione.
S'era accostato, rivolgendo adesso verso di sè le punte della sua ironia.
Bello, eh?
Se si potesse far sempre in quel modo, e così?
Così, meno d'un'ora fa, ho ricevuto una telefonata, venite subito in via Monforte, quarantacinque, è stato commesso un assassinio, chi è che telefona?
Pronto, pronto. Ma la comunicazione era stata tolta, con gli automatici, lo sai, non si può controllare da dove telefonano, sono stato un po' in forse. Ti confesso che subito ho creduto ad uno scherzo, poi mi sono detto, se faccio una passeggiata e non trovo niente, il male è minore di quel che sarebbe, se il morto ci fosse e io non

ci andassi, arrivo qui e trovo il portone semichiuso, la luce accesa per le scale come rimane di solito tutta la notte nelle case signorili e non un'anima, ma il portone era semichiuso, capisci?

Da quel momento mi sono detto che non si trattava di uno scherzo. La portineria sprangata, i portinai addormentati. Salgo, e subito dopo il primo pianerottolo, Fanti mi dice: sente che odore?

Odore, infatti, come di gas, ma non era gas, era polvere da sparo, cordite, eppure per le scale non avevano sparato, perchè se no avrei trovato tutta la casa sveglia, al secondo piano due usci, uno chiuso, l'altro aperto, questo qui, e si vedeva la sala d'ingresso illuminata. Sulla porta, il nome di Giannetto Aurigi. Entro. Lì, nell'ingresso, niente, ma tutte le luci accese, giriamo. Laggiù una porta chiusa, la camera del domestico evidentemente. Vuota. C'era il panciotto a righe azzurre del cameriere e i pantaloni e la giacca buttati sul letto. Da quella parte sull'ingresso, la cucina. Vuota. Lì, la camera da pranzo, buia, l'unica buia e vuota. Qui, nessuno. Lì, un altro salottino e steso per terra, contro il divano, un uomo morto.

Aveva parlato in fretta, animandosi, e si fermò per riprendere fiato, De Vincenzi lo ascoltava e cercava di seguire le sue parole e di non pensare a tutto quel tumulto di sensazioni e di sentimenti che l'agitava.

Maccari riprese:

Un uomo morto, un foro di pallottola alla tempia, un filo di sangue sul volto, l'uomo era in frak, lo frugo.
Si cercò nelle tasche, tirò fuori un piccolo portafogli di marocchino verde, lo palpò un po' e poi lo tese al collega.
Eccotelo, questo è il suo portafogli, piccolo per via del frak. Dentro ci sono cinquecento lire e sette o otto biglietti da visita.
De Vincenzi aveva preso la busta di cuoio verde e l'aveva aperta. Senza fretta, senza curiosità. In lui si era creato insensibilmente uno stato d'animo strano, doveva vedere, voleva vedere, e quasi non poteva, o per meglio dire, ritardava i movimenti per farlo, come se volesse di conseguenza ritardare l'effetto di essi.
Mario Garlini.
Aveva trovato i biglietti da visita per primo e aveva letto il nome. Un sussulto lo fece sobbalzare.
È un agente di cambio.
Era, vuoi dire, adesso è un defunto. Sì, proprio così, era un agente di cambio, ma era anche qualche cosa di più, la banca Garlini è sua. Si parla di trenta o quaranta milioni suoi, di patrimonio.
Maccari alzò le spalle e scosse la testa, trenta o quaranta milioni, quanti. Lui non li avrebbe mai visti, ma quell'altro non li poteva vedere più. In fondo, non c'era differenza tra loro, adesso. Lui viveva senza tutti quei milioni e quindi non viveva, l'altro era morto e i milioni non erano

più suoi, era triste quella sera, Maccari, e concluse tra se, siamo morti tutti e due.

Ma ad alta voce disse soltanto, bah, adesso non può più servirsene.

Tanto per dir qualcosa, De Vincenzi fece una domanda, che era la più semplice che potesse fare, per cominciare le indagini.

Segni di lotta?

Nessuno, neppure una sedia rovesciata, deve essere stato colpito mentre era seduto, è scivolato col corpo in terra.

L'arma?

Niente, se non l'hanno nascosta in qualche luogo della casa, il che mi sembra poco probabile, se la sono portata via. Così, si spiegherebbe anche l'odore di polvere per le scale e questo vorrebbe dire, che appena fatto il colpo, chi ha sparato è fuggito.

E poi?

E poi, che vuoi?

Subito ho sentito che l'affare era serio e non soltanto per quei trenta o quaranta milioni del morto. C'è qualcosa che non suona bene in tutto questo, non domandarmi che cosa, perchè non lo so, è un'impressione mia. Ma così forte che, dopo aver telefonato al medico, ho subito telefonato a te. Sbrigatela tu, giacchè posso, io non voglio occuparmene.

De Vincenzi si alzò, disse tanto per seguire la logica di Maccari, bah.

Ma fece uno sforzo per liberarsi da quell'intorpidimento, da cui si sentiva invaso, e continuò: non hai fatto svegliare i portinai?
Non hai suonato alla porta dell'appartamento vicino?
Niente. Però avrai visto, il portone è piantonato e su questo pianerottolo c'è un agente.
Ho visto.
Fece un movimento brusco e deliberatamente andò verso l'uscio di sinistra, quello che dava nel salottino, guardò il morto e non ne ricevette nessuna impressione, chiese soltanto a se stesso, quasi con rancore verso quel cadavere, perchè è morto?
Era una domanda senza risposta, naturalmente. Ma in un certo modo una risposta c'era e De Vincenzi la formulò a se stesso, girandosi verso il collega ad osservargli:
Era giovane, ancora.
Trentacinque o trentasei anni. Giovane.
L'hai frugato completamente?
No, per non muoverlo. Aspettavo il dottore.
De Vincenzi tornò a guardare dentro il salottino. Era un salottino banale, un divano azzurro e due poltrone, un tavolo, una consolle, qualche quadro, nessuna fotografia, in fondo, di faccia, un'altra porta. Non volle attraversare quel salotto subito.
E quella porta? chiese.
La stanza da letto.
Illuminata?
Sì.

Il letto?
Fatto. Con la piega alle lenzuola e il pigiama disteso e pronto. È chiaro che non sì è coricato.
È l'ultima camera dell'appartamento, quella?
No. Un'altra porta era chiusa. Ho appena guardato, il bagno. M'è sembrato vuoto.
Il brigadiere Cruni con l'agente Rossi erano rimasti sulla porta, in anticamera, ma guardavano e ascoltavano, De Vincenzi sentì quasi in quel momento, il peso del loro sguardo addosso a sè e chiamò subito, Cruni.
Il brigadiere, con un piccolo balzo di soddisfazione, avanzò.
Andate a vedere nel bagno.
Cruni vi si precipitò.
De Vincenzi si girò a Maccari.
Fuori, per la nebbia, le strade sono bagnate. Hai trovato tracce di passi?
L'altro indicò il pavimento, non vedi da te?
Niente, venuti in auto, si capisce.
Tra i due si fece il silenzio.
Maccari si abbottonava il soprabito, accingendosi ad andarsene, De Vincenzi si tolse il suo, troppo caldo in quell'appartamento, neppure il cadavere nella stanza vicina era riuscito a raffreddarlo. C'era un'aria pesante, bruciata, l'aria dei termosifoni troppo bollenti, che non mandano vapore e che lo assorbono. Aridità, eccolo il senso. Era un senso di arido, che De Vincenzi si sentiva in bocca, anche tra le giunture delle dita aveva quella sensazione, voleva reagire. Avrebbe certo continuato ad

interrogare Maccari, se in quel momento non si fosse sentito suonare il campanello e dall'ingresso una voce che diceva, aprite c'è il dottore.
Maccari e De Vincenzi si scossero.
Ha fatto presto, osservò Maccari.
Lui avrebbe preferito che il dottore avesse ancora tardato qualche minuto. Non voleva farsi prendere nell'ingranaggio di quell'inchiesta.
Il dottore comparve quasi di corsa. Era giovane, magro, con il naso aquilino e tagliente come un rostro, e gli occhiali. Sembrava ancora uno studente che non mangiasse tutti i giorni. Aveva una busta nera sotto il braccio, doveva essere quello uno dei suoi primi servizi comandati, uno dei suoi primi delitti, un cadavere da studiare. Sentiva tutta l'importanza della cosa e di sè. Si vide davanti quei due e andò loro incontro con la mano tesa.
Buona notte signori, Dottor Sigismondi della Guardia medica di via Agnello.
Gli altri due si presentarono.
Si trova lì dentro, gli disse De Vincenzi, indicando la porta di sinistra. È morto. La prego dottore, di voler segnare la posizione esatta del corpo, si faccia aiutare da un agente. Voi, Rossi, mettetevi a disposizione del dottore, e la prego dottore, di spogliarlo e di farmi consegnare gli abiti, procurando che non cada nulla dalle tasche. Ma prima lo esamini bene. Veda se c'è stata lotta, e da quanto tempo lo hanno ucciso.

Il dottore volle aver l'aria di non essere alle prime armi e rispose, come per insegnargli qualcosa, approssimativamente vuol dire. Nessuno può stabilire con esattezza da quanto tempo un uomo è morto. Oppure si potrebbe anche stabilirlo, ma con gli strumenti adatti e prendendo la temperatura dell'ambiente, e tutte queste cose qui mancano.
Intanto, s'era tolto il cappello e il soprabito e stava per dirigersi verso l'uscio indicatogli, quando da quello uscì il brigadiere Cruni, aveva il volto soddisfatto. Con una strana intonazione di voce, come se volesse farsi sentire da tutti, disse, nulla cavaliere, il bagno è vuoto.
S'era guardato attorno e si avvicinò a De Vincenzi, facendogli un segno d'intelligenza.
Parla, gli disse il commissario.
Il brigadiere parlò a voce bassissima, quasi soffocata, guardi lei di là, il bagno è in disordine, si direbbe che c'è stata una lotta, e per terra ho trovato questo.
De Vincenzi prese l'oggetto, che Cruni gli tendeva e l'osservò attentamente, era una fialetta di profumo d'oro, uno di quegli oggettini graziosi, che le signore portano nella borsetta, tutta cesellata. La prese fra due dita e la sollevò contro luce per guardarvi attraverso, disse, incolore.
Annusò e poi subito si girò.
Dottore.
Dica.
Guardi un po', e gli porse la fialetta.

Il dottore l'osservò, la sturò e se l'accostò al naso.
Mandorle amare, dove l'ha trovata?
Strano.
Strano, che cosa?
Che possa aver trovato questa fiala altrove che al suo posto naturale.
E quale sarebbe secondo lei, il posto naturale di quella fiala?
Un ospedale o una farmacia, non credo di sbagliarmi, dicendole che qui dentro c'è acido prussico.
E il giovane continuava a guardare la fiala.
Maccari e De Vincenzi tacevano, avevano sentito un brivido alla schiena.
Eppure, il morto era stato ucciso con un colpo di rivoltella, che cosa c'entrava adesso, l'acido prussico?

Le prime indagini

Erano rimasti tutti e tre a guardare quella fialetta d'oro, che il dottore teneva tra le mani.
Il primo a parlare fu il giovane medico, che vedeva in essa un mezzo di più, per dar peso alla propria opera.
Ad ogni modo, disse, mettendosela in tasca, domani mattina le fornirò un rapporto esatto sul contenuto.
Grazie.
Ma De Vincenzi aveva bisogno per qualche istante di raccogliere le idee, di concentrarsi, di fare il punto, soprattutto al proprio stato d'animo, perchè sentiva di non avere ancora il cervello limpido e lo spirito sereno. Aveva l'impressione che tutti quei fatti e che perfino gli oggetti materiali attorno a sè sfuggissero, divenissero evanescenti, e così evanescenti com'erano, si mettessero a danzare una folle danza, una sabba di spettri.
E adesso, dottore, vuol dare un'occhiata di là?
La sua voce era gelida. Perfino il dottore lo guardò meravigliato. Ma annuì col capo e si affrettò ad entrare nel salottino.
Cruni tirò il commissario per la manica.
Vada anche lei di là, cavaliere, gli disse con accento quasi supplichevole, tanto in lui era forte il desiderio che il suo capo diretto vedesse quel che lui aveva visto e estraesse quelle conclusioni, che a lui erano mancate.

De Vincenzi, dopo un'esitazione si decise, e i due seguirono il dottore.
Maccari era rimasto solo. Pensava. E secondo la sua abitudine, i suoi pensieri gli uscivano dalle labbra sotto forma di parole, ma lui non parlava che per sè solo.
L'ho detto, per me siamo soltanto al principio.
Si sentiva sopraffatto, una grande stanchezza lo aveva invaso. Sedette.
Domani mattina, a mia moglie ripeterò un'altra volta, mia cara ancora tre anni, tre lunghi anni, e poi la pensione. Ritirarmi. E lei ciabatterà per la casa borbottando, bella cosa la pensione, per quel che ti daranno.
Ma le idee gli si cambiavano ad ogni momento e il suo pensiero tornava sempre a quel dramma, che pure avrebbe voluto cancellare per sempre dalla memoria.
Odore di polvere da sparo, una porta socchiusa, nessuna forzatura di scasso e un cadavere. La pensione, e gli studi sul metodo, il metodo. Il ritratto parlato, i dati segnaletici, e tutta una quantità di gente, che ruba e ammazza e non sa neppure che queste cose avvengono. Potermene non occupare neppure io.
Sussultò, perchè il brigadiere Cruni ritornava, correndo.
Il telefono, dov'è il telefono?
Maccari alzò la testa e lo guardò e dovette far passare qualche secondo prima di rispondergli, perchè non riusciva a capire che cosa significassero quelle parole.

Oh sì, eccolo lì a destra, nell'ingresso.
Cruni vi corse e si attaccò al ricevitore. Poco dopo parlava con un commissario di servizio in Questura e gli diceva che il commissario De Vincenzi si trovava in via Monforte, in casa del signor Aurigi, dove c'era un morto e quel morto era il banchiere Garlini. Dall'altra parte del filo il commissario di notturna lo ascoltava distrattamente, prendendo appunti, finì col domandargli, ebbene? con l'aria di volergli chiedere a che scopo raccontasse proprio a lui tutte quelle cose, se sul posto si trovava il suo collega De Vincenzi.
Ma Cruni non aveva finito.
Il dottor De Vincenzi dice che nel suo ufficio si trova in questo momento Giannetto Aurigi. Ce l'ha lasciato lui, raccomandando all'agente Paoli di non farlo andar via, ecco il commissario la prega di farlo accompagnare qui subito. Senta cavaliere, dice il commissario di mandarlo qui con due agenti, no, no, senza manette, gli agenti devono anzi far finta di nulla, e non dirgli neppure una parola del cadavere.
Nell'altra camera, Maccari lo aveva ascoltato, quando lo vide tornare, gli chiese, Giannetto Aurigi si trova in Questura?
Già, quando si dice, eh cavaliere.
Il commissario si girò verso la porta del salottino sulla quale era riapparso De Vincenzi, questi aveva un sorriso sarcastico sulle labbra ed esclamò, tra se, voleva un bel delitto.

Ma subito, quasi per cancellare il suono di quella frase, chiese bruscamente a Maccari, sentivi il mistero, tu?
Io?
No, sentivo di peggio, la tragedia.
Perchè dici tragedia? chiese De Vincenzi, guardandolo negli occhi.
Te ne accorgerai.
Anche De Vincenzi del resto, aveva quell'impressione. C'era in quella camera, in quell'appartamento, un'atmosfera pesante, viscida, che pesava come qualcosa d'invisibile, di mostruoso, d'inumano. Non soltanto il mistero di quel cadavere. Qualche altra cosa di imponderabile, lo sentiva. Non soltanto che ci fosse di mezzo Aurigi, col quale aveva studiato in collegio e che era un poeta anche lui, ma tutto, tutto aveva vibrazioni strane.
E tu avevi Aurigi in Questura?
Fu quella domanda, che richiamò De Vincenzi alla realtà, sorrise.
Il caso.
È tuo amico, hai detto?
L'altro s'era di nuovo assorto, disse, lascia stare, è terribile.
Come se volesse scuotersi da quel torpore, da cui si sentiva invadere sempre più, si girò di scatto verso il brigadiere, subito. Svegliate i portinai e portatemeli qui, avete telefonato a San Fedele?

Signor sì, cavaliere. Lo portano subito qui. Il cavaliere Boggi, che ha sostituito lei di notturna, dice che penserà lui a telefonare al Questore.
E il brigadiere, uscendo dal fondo, non sentì il commissario, che mormorava, il Questore, bah. Se ne parlerà domani mattina.
Adesso aveva bisogno di agire, voleva affrettarsi, andò sull'uscio e chiamò il dottore. Questi era ancora chino sopra il cadavere, che aveva disteso sul divano, si girò, vide il commissario, diede un'altra occhiata all'uomo e poi tornò nel salotto, passandosi un palmo contro l'altro, lentamente, col gesto di chi si asciuga le mani.
Lei vuol sapere da quanto tempo è morto, vero?
Alzò le spalle e disse in fretta, cominciano a manifestarsi i primi segni di rigidità, saranno due ore, due ore e mezza, faccia lei.
E gli abiti?
Sono lì, io non li ho frugati, ma se permette, continuo.
E, senza aspettare la risposta, tornò nel salottino.
Maccari intanto, pur continuando ad abbottonarsi il soprabito, quasi volesse con quel gesto decidersi ad andarsene, a strapparsi di lì, si guardava attorno. Ad un tratto vide un oggetto luccicare vicino il divano e si chinò a raccoglierlo, De Vincenzi lo osservava.
Maccari, invece di mostrargli l'oggetto che aveva raccolto e che continuava a tenere tra le dita, gli chiese, di là hai trovato qualche cosa?

L'altro, macchinalmente, estrasse a metà dalla tasca una carta, che si affrettò a rimettere dentro.
Sì, qualche cosa, proprio quello che occorreva per non farmi capire più nulla, e tu?
Io? toh.
E gli porse quell'oggettino luccicante, con il quale adesso le sue dita grassocce stavano giocando.
Era un rossetto rosso per le labbra, uno di quei tubetti preziosi, che le signore portano nella borsetta.
De Vincenzi lo osservò, ma non fece commenti, in quel momento arrivava Cruni con il portinaio e la portinaia.
Una strana coppia. Lei giovane, belloccia, con il petto opulento, era evidente che aveva paura, ma era altrettanto evidente che un'irritazione sorda le agitava quel suo petto copioso. Lui era un esserino patito, timido, in preda ad un terrore illimitato.
La donna parlò subito, senza freni, avanzando verso De Vincenzi, quasi avesse capito che era a lui che bisognava rivolgersi.
Che c'è?
Un furto, eh?
Se hanno rubato, ve lo dico io chi è il ladro, me lo aspettavo, e la colpa è sua, di quest'imbecille, perchè la soffitta non doveva affittarla. Ma lui è di cuore tenero.

Indicava con la mano tesa il marito, che s'era messo a tremare e che balbettava, Rosa, Rosetta che dici?
Aspetta a parlare, non sai ancora nulla.
Preso da un improvviso scatto d'energia, l'omuncolo si girò verso quei due uomini, che lo fissavano.
È vero, signori?
Ancora non sappiamo nulla. Perchè ci abbiano svegliati, che cosa sia successo, nulla di nulla.
De Vincenzi aveva ritrovato il suo sangue freddo, era tornato ad essere il commissario di Pubblica Sicurezza e perfino il tono della voce gli si era fatto diverso, quasi un po' volgare, per quanto questo non fosse nelle sue abitudini, così sempre corretto e signorile com'era.
Dormivate, eh?
La solita storia, ma adesso zitti.
Si girò all'uomo, intuendo che quello avrebbe parlato più facilmente, mentre la donna gli avrebbe dato filo da torcere.
Venite qui voi, e rispondetemi.
Il portinaio fece un passo avanti, ma la moglie lo afferrò e lo fece da una parte con tanta violenza da farlo vacillare.
Io, io. Interroghi me. Che cosa vuole che sappia, lui?
Di giorno sta al Municipio, è impiegato, guadagna trecentosettantacinque lire al mese. Bella roba. È vero che non sa far niente, e la sera mangia e va a dormire, che vuole che sappia?

E voi, invece?
Io sto tutto il giorno in portineria, conosco tutti, e la sera fino a mezzanotte rimango in piedi, chiudo il portone alle undici, ma prima che possa andarmene a letto ce ne vuole.
De Vincenzi si girò a Maccari, li conosci, tu?
Mai visti. Siete mai venuti al Commissariato, voi due?
La donna protestò con indignazione.
Mai. Oh, che crede?
Il commissario si strinse nelle spalle, io?
Niente.
De Vincenzi aveva interrogato con gli occhi Cruni e i due agenti, ma anche loro avevano scossa la testa.
Bene esclamò De Vincenzi. Allora, venite qui voi, donnetta mia, ma rispondete soltanto alle mie domande, senza far tante chiacchiere. Capito?
Purchè mi domandi quel che so.
Il commissario, prima di continuare con lei, si girò al brigadiere, Cruni, andate giù, quando vengono da San Fedele con quel signore, fermatelo e fatelo entrare in portineria, manderò io a chiamarlo.
Cruni scomparve ancora nell'ingresso e De Vincenzi si girò alla donna, che seguiva tutti i suoi movimenti curiosamente, con un sorriso quasi ironico sulle labbra.
Dunque, a che ora avete chiuso il portone, questa notte?
Alle undici, e a che ora voleva che lo chiudessi?
Tutto il giorno e la sera siete stata in portineria?

Che domanda. Dove voleva che stessi?
Cercate di ricordarvi bene, prima di rispondermi, avete visto il signor Aurigi, durante la giornata?
La donna alzò le spalle.
Sì naturalmente, usciva, entrava.
Le ore. Ditemi le ore in cui lo avete visto, ma pensateci bene.
Il volto della portinaia appariva ineffabile.
E come faccio?
Durante il giorno passa tanta gente, sarà uscito ed entrato alle solite ore. La mattina alle undici, non esce mai prima, poi rientra all'una, esce nel pomeriggio, aspetti, oggi dev'essere uscito verso le tre e tre quarti. Lo so, perchè mi ha chiesto se era venuto qualcuno a cercarlo e proprio allora stavo stirando, e poco dopo erano le quattro, perchè ho smesso di stirare e so che erano le quattro, perchè ho guardato l'orologio. Alle quattro e mezzo doveva venire l'amministratore e volevo fargli trovare tutto in ordine, non che non sia sempre in ordine, ma si sa.
Il commissario la interruppe, andate avanti.
La donna ebbe un sussulto.
Eh, che vuole?
Avanti, continuate.
Se m'interrompe?
Poi, poi sicuro, glielo posso dire, me lo ricordo, il signor Aurigi è tornato che saranno state le cinque, non era solo.
Con chi?
Un signore vecchio, diritto, molto distinto.

Lo avete visto altre volte?
Mai.
La risposta venne categorica, la donna era sincera, indubbiamente. Del resto, perchè non lo sarebbe stata?
Lei ancora non ci capiva niente.
E sono usciti?
Lui, quel signore solo, è uscito tardi. Noi stavamo mangiando, era tornato mio marito, saranno state le sette e mezzo, forse più tardi.
E Aurigi?
È uscito anche lui, alle nove, forse prima. Era vestito da teatro, andava alla Scala.
Come lo sapete?
E dove vuole che andasse?
Non siamo mica a carnevale, che si va ai balli, e poi, lui va sempre alla Scala.
Avanti.
Avanti, avanti, non ho più altro da dire, io non l'ho più visto.
Siete andata a dormire a mezzanotte?
Ecco, le dirò.
La donna fece una pausa, ma il suo imbarazzo scomparve subito.
Ecco. Questa sera sono andata a letto più presto, appena subito chiuso il portone. Non mi sentivo bene, la nevralgia, io soffro di nevralgie.
Bene.
Come bene? gridò la portinaia.
L'altro alzò le spalle. Quella donna con le sue chiacchiere aveva servito a fargli ritrovare quasi tutti i propri mezzi, ma lo irritava.

Aurigi ha un cameriere?
La domanda richiamò la donna su quel fatto, che non l'aveva colpita ancora, si guardò attorno, come se cercasse.
Ma sì, e non c'è?
Non l'avete trovato in casa?
I due commissari si guardarono, Maccari si strinse nelle spalle. Poteva essere un indizio, quella era una persona che avrebbe dovuto esserci e che non c'era. In quella casa, al posto del cameriere avevano trovato un morto, ma tutti e due sentirono che non era il filo giusto. Sarebbe stato troppo semplice. Un delitto volgare, un delitto di gentaglia, e non doveva essere così. Lì sotto c'era qualche cosa di più, qualche cosa di peggio.
No. Non l'abbiamo trovato, lo avete visto uscire?
No. Ma è strano, Giacomo non esce mai.
Si chiama Giacomo?
Sì, Giacomo Macchi. Lo so, perchè riceve una lettera ogni settimana.
È vecchio?
Avrà cinquant'anni, che ne so, è un uomo anziano, grigio.
E De Vincenzi riprese ad interrogarla su quel che specialmente lo interessava.
Aurigi, il signor Aurigi riceve donne in casa?
Più che meraviglia, quella della donna fu ribellione.
Donne?
Perchè vuole saperlo?
Che c'entra questo col furto?

Chi vi ha detto che c'è stato un furto?
Oh, che c'è stato, allora?
Perchè si trovano qui, loro?
Che cosa è successo?
Dopo l'una, questa notte, non avete sentito rumori, aprire e chiudere il portone, qualcosa di insolito, di sospetto?
No, non aveva sentito nulla. Nè ci poteva essere dubbio, non mentiva. Era ancora troppo presa dall'imprevisto e troppo grande era la sua curiosità, perchè lei non pensasse che a sapere. Se non altro per questo, diceva la verità.
De Vincenzi si girò all'improvviso verso il portinaio, e prendendolo per la giacca, e fissandolo negli occhi gli chiese, e voi, voi non avete sentito nulla?
Il povero uomo tremava come una foglia.
Io? Ah, ma no, nulla.
La donna sogghignò, lui?
Lui dorme, se cadeva il palazzo, neppure lo sentiva.
Lo guardò con ironia e con disprezzo, lui dorme sempre.
A De Vincenzi quel disgraziato faceva pena e volle subito far tacere la donna, mettendola di fronte ad uno spettacolo, che l'avrebbe atterrita.
Avete coraggio voi, donnetta mia?
Avete tanto coraggio, quanta parlantina?
Che vuol dire?
Che c'entra il coraggio col dormire?
Eh, vedrete che, dopo vi sarà difficile prender sonno.

Le indicò la porta del salottino.
Guardate lì dentro.
La portinaia, invece di avvicinarsi alla porta, indietreggiò. S'era fatta diffidente, si guardava attorno, quasi sentisse che le stavano tendendo un tranello.
Lì dentro?
Che c'è lì dentro?
Il commissario la prese per un braccio e la portò verso il salottino.
Venite con me e non spaventatevi, intanto a spaventarsi non si conclude nulla.
Appena varcato l'uscio, la donna vide la schiena del medico curvo sul divano e non si rese conto di quel che essa nascondeva. Avanzava, ancora baldanzosa, per quanto in lei la diffidenza fosse aumentata. Ma il medico si rizzò, facendosi da parte, allora la donna vide e gettò un grido disperato, un grido da belva ferita, cercò di fuggire e si trovò davanti De Vincenzi.
Madonna mia.
Su, su, coraggio, cercate di farvi coraggio e guardatelo bene, ditemi se lo avete mai visto, se lo riconoscete.
No, non me lo faccia guardare, Madonna mia. Oh come faccio, io?
La voce del commissario si fece severa, gelida.
Guardatelo, vi dico.
Madonna mia.
La donna si girò, diede uno sguardo terrorizzato a quel morto, si coprì il volto con le mani e sarebbe caduta se De Vincenzi non fosse stato

pronto ad afferrarla e a farla sedere su di una poltrona, la fissava. Perchè aveva ricevuto un'impressione così forte?
Eppure in quel morto non c'era nulla di terrorizzante, un foro in una tempia e null'altro, neppure più il sangue sulla gota, che il medico glielo aveva lavato.
Il dottore fece un passo avanti, perchè gli sembrò che il suo dovere gli imponesse d'intervenire e che la donna stesse proprio male, ma De Vincenzi lo trattenne.
La lasci stare, gli sussurrò, lasci che per qualche minuto faccia quel che vuole, voglio vederne le reazioni.
Nella camera si fece silenzio, la portinaia teneva sempre il volto tra le mani, s'era come afflosciata e il petto le ansimava.
Intanto, nell'altra camera, suo marito s'era avvicinato a Maccari.
Signore, signor commendatore.
Il commissario non sorrise neppure.
Che vuoi?
Ti sembro proprio un commendatore?
L'altro non capì che quella era una domanda ironica.
Mi dica commendatore, che c'è lì dentro?
Che cosa è accaduto?
C'è un cadavere, è accaduto che hanno ammazzato un uomo.
L'ometto fu preso da un tremito convulso, si aggrappò al braccio di Maccari, il suo terrore faceva pietà.

Oh Dio, è una casa maledetta. Lo sanno loro che questa è una casa maledetta?
Sta' su, non cadermi addosso. Che c'entra la casa, adesso?
Gli uomini sono maledetti qualche volta, non le case, sta' su.
Il portinaio cercò di tenersi in piedi e sussurrò, non le creda, sa?
Non è vero, non è vero. Se dice che è stato lui, l'inquilino della soffitta, non le creda, quello è un bravo giovane, povero ma onesto, lo so io. Non le creda.
E guardava verso la porta del salottino, temendo che la moglie ricomparisse.
Maccari alzò le spalle, dillo all'altro commissario, è lui che fa l'inchiesta.
De Vincenzi tornava, sostenendo per un braccio la portinaia, la fece mettere a sedere e le si pose di fronte a fissarla negli occhi.
La donna lo guardava con le pupille piene di stupore e di paura.
Il commissario le pose le mani sulle spalle e scandì, e adesso parlate.

La prova terribile

Un silenzio di piombo pesava su quegli uomini, in quella stanza.
Il pendolo batteva i minuti con piccoli scatti sonori, sembrava un cuore che palpitasse, l'unico, mentre tutti gli altri si erano arrestati.
Quando De Vincenzi parlò, la voce rivelava anche in lui il turbamento.
Adesso non potete non dirmi la verità, lo conoscevate il morto?
La donna sembrava come ipnotizzata dallo sguardo del commissario. Fece cenno di sì col capo, con un movimento automatico, legnoso.
Veniva a trovare Aurigi?
Sì.
Spesso?
Da due o tre giorni, tutti i giorni.
E prima?
No, no, non mi sembra, forse raramente, lo avevo visto uno o due volte in tutto.
E qui, da Aurigi, veniva anche una signora, è vero?
Gli occhi della donna ebbero un lampo di paura, più che di meraviglia.
Come lo sa?
Veniva spesso?
Sì.
Tutti i giorni?
Quasi tutti i giorni, ma si tratteneva pochissimo, non doveva essere, per quello che lei pensa.

Io non penso nulla, e oggi?
Oggi, è venuta?
Sì.
Perchè non me lo avete detto?
Non sapevo, credevo che non interessasse, io pensavo al furto, il signore, il signor Aurigi non voleva che dicessi che quella signorina veniva a trovarlo, mi aveva raccomandato di non dirlo a nessuno.
Vi pagava bene per tacere, vero?
Ma questo non importa, oggi, a che ora è venuta?
Alle quattro, poco dopo che il signor Aurigi era uscito.
Ed è salita ugualmente?
Sì, saliva sempre senza chiedere nulla, io oggi avrei voluto avvertirla, ma poi ho pensato che forse lei sapeva che il signor Aurigi non c'era.
E quanto tempo è rimasta?
Non so.
Sicchè, quando Aurigi è tornato oggi nel pomeriggio, con quel signore vecchio, la signorina era già in casa, qui dentro cioè?
Sì, doveva esserci.
E non l'avete vista uscire?
Dopo mezz'ora è passata in fretta, quasi correndo, era pallidissima. M'ha fatto impressione e sono uscita fin sul marciapiede e l'ho vista prendere un taxi qui davanti, all'angolo di via Conservatorio.

De Vincenzi si girò a Maccari, domattina fammi il piacere di rintracciare quel taxi, se lo trovi, mandami il conducente in Questura.
Maccari fece di sì con la testa, lui aveva ascoltato tutto quell'interrogatorio e si era detto che De Vincenzi doveva saperne più di quanto facesse finta, e che certo aveva già la sua idea circa quella signorina ed il vecchio signore.
De Vincenzi sollevò la donna per un braccio e la fece alzare.
Basta, per ora basta. Tornate a letto tutti e due, e zitti eh?
Non parlate con nessuno di questo neppure domani, o vi chiudo in guardina e vi ci tengo.
Spinse l'uomo che continuava a tremare, ed era così curvo e piccolino da sembrare un vecchio decrepito, e la donna che adesso aveva perso tutta la baldanza, verso la porta in fondo. Poi prese per un braccio un agente e gli sussurrò, accompagnali giù e falli mettere a letto. Stai bene attento che non parlino con quel signore, che deve trovarsi adesso in portineria, che non gli dicano niente, neppure una parola. Hai capito?
Sì, cavaliere.
E l'agente seguì in fretta i portinai, che uscivano.
Adesso, si trovarono di nuovo soli De Vincenzi e Maccari, perchè Cruni si era ritirato nell'anticamera.
De Vincenzi aveva il cervello che gli turbinava, era evidente lo sforzo che faceva, per dominare il

turbamento, e anche quello di voler vedere nettamente, lucidamente. Cercava di non pensare ancora ad Aurigi. Eppure, era proprio lui la causa di quel suo stato d'animo, che il commissario non aveva mai conosciuto. Un delitto, un delitto, per quanto lui fosse ancora giovane, non l'avrebbe davvero turbato.
Non credere alle apparenze, gli disse Maccari, guardandolo e scuotendo la testa. Io sento che qui sotto c'è qualcosa, che per ora ci sfugge, qualcosa di terribile e di innaturale, qualcosa che ripugna alla ragione.
L'esclamazione dell'altro fu spontanea, violenta quasi.
Eh, volesse Iddio che fosse soltanto innaturale.
Gli sei amico?
Sì, e credevo di conoscerlo.
Lo ritenevi incapace?
Di assassinare?
Certo.
Non volevo dir questo, pensavo ad altro, ma ancora non credo niente. Dici bene tu, ci sono cose che ripugnano alla ragione.
Sì, soprattutto il veleno, il veleno non lo capisco, perchè, vedi....
Ma s'interruppe di colpo, perchè dal salottino veniva il dottore. Aveva l'aria soddisfatta come di chi abbia terminato un compito difficile e pure per lui interessante.
Gli ho tolto gli abiti, sono lì, ho lasciato il cadavere svestito, ma l'ho coperto con un lenzuolo, le posso dire che non c'è stata lotta, si

direbbe che sia stato colpito di sorpresa, il proiettile gli è entrato nella tempia, da destra, un po' indietro e gli si è fermato nella scatola cranica, domani si potrà estrarlo e allora vedremo il calibro, ma dev'essere un calibro piuttosto grande, più di sei millimetri, la morte è stata istantanea.
Parlava, mettendosi il soprabito, poi prese il cappello e si cacciò la sua busta nera, che aveva richiuso, sotto il braccio.
Domattina le farò avere il rapporto sul veleno. Ah. ho segnato in terra il contorno del cadavere col gesso, lo fanno tutti ormai, in Germania, in America, vuol sapere altro?
No, non voleva sapere altro De Vincenzi, e avrebbe fatto a meno del contorno col gesso, anche se lo facevano in Germania e in America.
Prima d'andarsene, il medico disse ancora, naturalmente domattina alle nove sarò al Monumentale, mi faccia trovare il cadavere sul banco della sala e avverta i periti settori che sarò a loro disposizione, buona notte.
Grazie, buona notte.
Maccari non aveva neppure risposto al saluto, tanto era assorto.
E furono di nuovo soli, ma De Vincenzi, questa volta sembrava non avere esitazioni, lo sguardo gli si era fatto brillante, duro, andò vicino al collega e gli posò una mano sulla spalla.
Ascoltami.
Tacque, disse tra se, sì, è un rischio, ma devo correrlo, in fondo è un amico, un compagno

d'infanzia, per un altro non lo farei, ma per lui....
Poi alzò la voce, ascoltami Maccari, ti chiedo un piacere, un grande piacere. È vero che la responsabilità di tutto me l'assumo io, ma pure tu sei qui e domani puoi essere chiamato a risponderne.
L'altro rimaneva placido, tutto quell'esordio non gli aveva fatto impressione, quasi se lo fosse aspettato.
Oh, per me, dimmi pure.
Ecco, va' giù, c'è Aurigi. Scendi, come se solo tu ti fossi trovato qui. Digli che io me ne sono andato da un pezzo, non parlargli di, di quel che c'è lì dentro, inventagli qualcosa, quel che vuoi, che c'è stato un furto nella casa, che a San Fedele hanno capito male la mia telefonata e che lo hanno accompagnato qui, invece di avvertirlo semplicemente, come avevo telefonato io, cerca di dargli l'impressione che sia tutto finito e che era cosa da nulla, e fallo salire solo, hai capito?
Maccari aveva capito e guardava quel giovanotto, che poteva essere suo figlio, con occhi affettuosi, lo ammirava, pur dicendosi che forse stava commettendo una sciocchezza grossa.
Ci hai pensato bene?
È un rischio.
Te l'ho detto io per primo.
Maccari non esitò, alzò le spalle, sei giovane, puoi anche correre qualche rischio.

Si abbottonò per la ventesima volta il soprabito e prese il cappello, che era su una sedia.
Vuoi che dopo rimanga giù?
No, ordina soltanto a Cruni di far finta di andarsene con voialtri e di tornare indietro subito, che si fermi in portineria e aspetti.
Bene, ciao e che Iddio te la mandi buona.
Uscì in fretta, aveva un gran desiderio di farla finita con quella casa e anche l'ultima missione gli pesava. Oh, non per la responsabilità. Lui se ne infischiava, ma proprio per l'imbarazzo da superare ad eseguirla.
Scese le scale, seguito dall'agente e ad ogni gradino sostava un po'.
Intanto De Vincenzi, rimasto solo, era andato rapidamente in salottino, aveva guardato il cadavere. Il dottore lo aveva interamente coperto con un lenzuolo. Gli si avvicinò, senza ripugnanza, e gli scoprì il volto e una parte del petto, il morto adesso, aveva gli occhi chiusi e sembrava dormisse, soltanto quel foro sulla tempia era nero, visibile, sinistro.
Se ne allontanò senza fretta, ma con soddisfazione e spense la luce del salottino.
Quando fu di nuovo nella sala, si guardò attorno un attimo e spense la luce anche lì, adesso non era illuminato che l'ingresso, vi andò e girò l'interruttore, l'appartamento fu tutto al buio, con quel morto sul divano.
De Vincenzi si mise in un angolo, vicino alla cucina, dietro un grande armadio, aveva trovato quel nascondiglio a tastoni, nelle tenebre, e vi si

era diretto con una certa sicurezza, perchè l'aveva adocchiato prima.

Attese, non respirava neppure, aveva l'impressione che tutti i suoi pensieri girassero vorticosamente attorno a un punto, e quel fulcro era una domanda, che cosa farà?

Sentì mettere la chiave nella toppa, girare, scattare la molla e l'uscio si aprì, nel quadro della porta, illuminato dal di dietro per la luce delle scale, apparve Giannetto, aveva la pelliccia aperta e il gibus in testa. Un po' pallido, ma non troppo, entrò, richiuse la porta, accese la luce. Si guardava attorno, era evidente che scrutava dentro quella solitudine, entrò poi nella sala e accese anche lì. Anche lì si guardò attorno, guardò il divano, diede una occhiata alla porta chiusa della camera da pranzo e poi a quella aperta del salottino, appariva quasi meravigliato di vedere tutto in ordine, ad un tratto, si fermò con un sussulto, come se avesse sentito un passo, e si girò verso la porta in fondo, aspettando. Non vide nessuno, e la sua meraviglia crebbe, si passò una mano sulla fronte, accennò ad un sorriso, che svanì subito, poi si decise, adesso si muoveva con naturalezza, rapidamente. Andò nell'ingresso, spense la luce, tornò in sala, raggiunse la porta del salottino, mise la mano dentro e girò lìinterrutore, poi tornò a spegnere in sala e col passo sicuro varcò la soglia del salottino.

Risuonò un grido atroce.

De Vincenzi, appena aveva visto spegnersi la luce nella sala, era uscito dal suo nascondiglio e si era avvicinato alla porta, quando sentì il grido, riaccese la luce con un movimento rapido, si sentiva sicuro, tranquillo come un medico che si appresti a fare un'operazione.
Dal salottino Aurigi tornò, era a capo scoperto, vacillava, aveva il terrore della follia nello sguardo.
De Vincenzi fece qualche passo verso di lui.
Aurigi lo vide, lanciò le mani in avanti disperatamente, quasi per allontanare un'ombra, che lo atterriva e cadde a sedere su di una poltrona.
L'altro gli si avvicinava, fissandolo negli occhi.
Tu?
Perchè? riuscì a pronunciare Giannetto con voce strangolata.
E De Vincenzi gli rispose con tranquillità, senza un fremito, col tono di chi vuol rassicurare, adesso cerca di rimetterti, dopo parleremo.
A sinistra di quel salotto c'era un caminetto, sopra il caminetto un pendolo, e il pendolo battè le ore, quattro colpi sonori.
De Vincenzi sobbalzò, guardò il sestante bianco con quei segni neri e poi Giannetto.
Era quasi un'ora che Aurigi si era schiantato sul divano, rimanendo lì, quasi tramortito da un colpo sul capo, aveva gli occhi aperti, ma non si sarebbe detto che vedesse, non pertanto, guardava. Un'ombra forse, che appariva a lui solo.

E De Vincenzi era rimasto a fissarlo lungamente, dicendosi che quella immobilità non poteva significare nulla di buono e certamente non avrebbe dato alcun frutto, immobilità che produce smarrimento, quando arriva al culmine delle possibilità umane, perchè anche il cervello ha limiti precisi ai quali può giungere e quando le idee sorpassano quei limiti, entrano in una atmosfera nebbiosa, quasi lutulenta, che è l'atmosfera della pazzia.
Poi De Vincenzi si era seduto su di una poltrona, vicino il tavolo. Subito aveva cercato di togliersi dal cerchio visivo di Aurigi, per permettergli di ritrovare se stesso, ma quando si era accorto che il suo amico, non soltanto non ritrovava se stesso, ma nulla affatto della vita e del pensiero ragionevoli, aveva voluto avvicinarsi e se ne era ritratto quasi con timore.
Nella camera accanto dormivano, forse sopra un divano o forse no, perchè quel divano, posto di fronte al salottino col cadavere, non era fatto per far riposare nessuno, il brigadiere Cruni e un agente.
Dormivano certo, perchè il commissario non li sentiva più muovere, nè parlare, li aveva fatti salire, quando si era accorto che per quella notte gli sarebbe stato impossibile interrogare Aurigi.
E adesso, che il pendolo aveva battuto le quattro, De Vincenzi deliberatamente si alzò e andò nella stanza accanto, dovette scuotere Cruni, che dormiva sodo, e gli disse, vado a

casa. Lascio affidato a voi il signor Aurigi, che è sempre là. Badate, dovete sorvegliarlo, ma non soltanto con la preoccupazione che fugga, mi capite?

Cruni si era svegliato completamente e fece segno di sì con la testa.

Tornerò domattina, probabilmente verranno a prendere il cadavere. Se venisse il giudice, ditegli che ho lasciato questa casa alle quattro e che tornerò alle nove.

Ritornò nella sala e diede uno sguardo ad Aurigi, che adesso si era mosso, ma non aveva fatto un solo movimento, e anche a non averlo visto, s'indovinava dalla sua posizione di adesso, qual'era stato, una specie di crollo di tutta la persona, che si era rovesciata sul divano. Aveva chiuso gli occhi, doveva sentirsi letteralmente schiantato.

De Vincenzi lo guardò per qualche secondo soltanto, perchè voleva poter pensare lontano da lui, lontano al punto da non averne più con sè un'immagine precisa, lo aveva visto disteso, bastava. Non voleva osservarne le contrazioni del volto, le pieghe profonde che gli si erano fatte attorno alla bocca, sulla pelle glabra, il cerchio nero degli occhi.

Uscì in fretta.

Cruni era entrato nella sala, aveva guardato Giannetto Aurigi, che sembrava dormire, e s'era seduto anche lui su quella poltrona vicino al tavolo, che prima era occupata dal commissario. Doveva attendere che le ore passassero, guardò il pendolo e sobbalzò. Segnava le cinque e dieci, il brigadiere estrasse l'orologio dalla tasca e per qualche minuto rimase a fissare quelle due macchine, che avrebbero dovuto segnare di conserva l'attimo che fuggiva, e che invece, lui lo vedeva senza possibilità di dubbio, lo segnavano con così grande differenza una dall'altra.

Un giovane biondo, in una soffitta

Poche ore di sonno agitato, adesso aveva fatto il bagno ed usciva, non erano ancora le otto, ma De Vincenzi sentiva il bisogno di camminare. Sarebbe andato a piedi fino in via Monforte, lui abitava al Sempione e la strada era lunga, la mattina era rigida, una nebbia vaporosa, più fitta man mano che saliva, sembrava si alzasse dal Parco verso il cielo, e il cielo non lo si vedeva neppure, se non sotto la specie di altra nebbia più grigia, più spessa, più fonda.
De Vincenzi non attraversò il Parco, avrebbe abbreviato e invece voleva camminare.
Rientrato in casa, che erano forse le cinque, si era gettato vestito sul letto e si era addormentato, un sonno d'incubi. E adesso sentiva il bisogno di pensare a mente lucida.
Conosceva Giannetto o credeva di conoscerlo, un po' poeta della vita con le ali tarpate dai bisogni, dai vizi, da uno sconfinato desiderio di godimento. Forse, non di una moralità adamantina, nel senso che lui non si era mai dato la pena di formulare a se stesso le regole di una morale di tal genere, ma onesto sì. Certo, incapace di commettere un delitto e di commetterlo in quel modo, che era insieme abile e sciocco, lineare e sconvolgente.
Poichè infatti, il quadro si presentava così, Aurigi doveva una somma di denaro a Garlini. Forte, fortissima forse, non poteva pagarla, lo aveva detto. Ad ogni modo sapeva che quello era

un fatto da potersi controllare facilmente, era andato alla Scala, secondo quanto aveva affermato, ma ne era uscito alle undici e aveva vagato per la città.

Sempre a prestar fede alle sue parole. Ma, poichè invece, a prestar fede non gli si doveva, senza aver prima dubitato e vagliato, De Vincenzi doveva ammettere che dalle undici all'una circa, quando s'era presentato a San Fedele, Giannetto avesse potuto agevolmente commettere il delitto. Ma dopo, che cosa aveva fatto?

Ecco, la cosa appunto più abile e sciocca, era andato da lui, da lui De Vincenzi in Questura, e gli si era mostrato nervoso, agitato, e s'era lasciato andare a mezze frasi, che non potevano non rilevare in lui uno stato d'animo di eccezione, ma poteva dirsi lo stato d'animo di un assassino?

Sì, sarebbe stato abile ad andare proprio da lui, se avesse saputo tenere un altro contegno, pur pensando, come prima idea, nel turbamento dell'azione commessa, che era meglio, per disperdere ogni sicuro sospetto, andare propri lì in Questura. Oppure ci era andato, nel primo smarrimento, senza sapere quel che facesse.

Adesso De Vincenzi ricordava, a mezzanotte, quando andava a San Fedele, si era incrociato con un uomo in frak e tuba, e quell'uomo era Aurigi. Passava dalla piazza in via Agnello, camminava senza vedere nessuno, andava nel freddo della notte invernale, adesso lo ricordava,

con leggero stupore, per non averci pensato prima, quando se lo era visto davanti, nella sua stanza di San Fedele, perchè non gli aveva detto subito, un'ora fa ti ho incontrato qui davanti, che camminavi nella nebbia, dove andavi?
E perchè non aveva subito riconnesso quell'incontro con l'agitazione dell'amico?
Certo, lui non poteva prevedere, che dopo un quarto d'ora o mezz'ora, il telefono gli avrebbe annunciato che in casa di Aurigi c'era un cadavere.
Dunque, Giannetto poteva essere l'assassino, forse tra poco, ne avrebbe trovata la causale, se non addirittura le prove, ma De Vincenzi sentiva che la verità non era quella, che c'era qualche altra cosa di più oscuro e di più complesso.
Ma, se non lui, chi?
La portinaia aveva finito con l'ammettere che quasi tutti i giorni una signorina andava da Aurigi, e quella signorina, lui lo aveva intuito immediatamente, doveva essere la sua fidanzata, la figlia del conte Marchionni, per di più, quel giorno anche un vecchio signore era andato a casa di Giannetto e la signorina doveva essersi incontrata con lui o forse aveva rinunciato a vedere il suo fidanzato, soltanto perchè quella terza persona era presente. Qui la linea degli indizi si faceva più solida e più diritta e De Vincenzi volle convincere se stesso che doveva seguirla, ma fino a dove?
E essa dove lo avrebbe portato?

A quel punto, come per un lampo improvviso, si vide dinanzi la portinaia prosperosa e belloccia e quel suo marito striminzito e sparuto e sentì ancora la voce di lui, che supplicava, non le creda, non le creda, noi non sappiamo nulla.
E lei, la donna, aveva subito accusato quello della soffitta, se c'è stato un furto, è lui il ladro aveva detto.
Lui, chi?
E adesso si pentiva di non aver badato a quel particolare e di non esser subito andato in fondo alla cosa.
Lo avrebbe fatto appena in via Monforte.
Ma prima aveva altro da fare.
Giunto in Piazza Cordusio, si accorse che assorto nei suoi pensieri, era andato troppo oltre, tornò indietro ed imboccò via Meravigli, trovò facilmente la Banca Garlini, due grandi targhe d'ottone lucente ai lati di uno dei primi portoni.
Entrò e vide il custode e qualche impiegato, i più mattinieri, perchè non erano ancora le nove, ma il cassiere c'era, un pezzo d'uomo alto e grosso, tutto rosso in viso, il collo corto sulle spalle larghe e quadre reggeva il capo pesante, dai capelli biondastri.
Brutta complessione per un cassiere, pensò De Vincenzi, se gli piglia un colpo apoplettico a cassa aperta, mette uno spavento del diavolo a tutti quanti.
Gli si era ridestato lo spirito ironico, lo interrogò rapidamente, il cassiere aveva soltanto voglia di

dire tutto quel che sapeva, De Vincenzi guardò i libri, ma smise subito, non ci capiva nulla ed era un lavoro inutile, perchè tra poco sarebbero venuti gli esperti contabili e lui avrebbe saputo ugualmente quel che gli interessava, invece ascoltò il cassiere e una notizia che questi gli diede se la fece ripetere due volte.
Ne siete proprio sicuro?
Perbacco esclamò quell'altro, facendosi ancora più rosso.
Li ho tolti da questo pacco proprio davanti a lui per darglieli, guardi qui, questi adesso sono ottanta invece di cento, li vuole contare?
No, il commissario non voleva contarli, e a cosa dovevano servirgli?
Il cassiere rise in quel modo un po' stento e ghignoso con cui ridono le persone rosse, se lei crede che il padrone venisse a rendere i conti proprio a me. Qualche pollastrella, toh. Gli piacevano le donne, sa?
Un altro punto da considerare per lui.
Ma subito alzò le spalle, le donnine in casa di Aurigi.
Era ancora più concentrato ed assorto, entrò in un bar e bevve due tazze di caffè, una dopo l'altra, guardò l'orologio e vide che erano ormai quasi le nove, allora saltò in un taxi e si fece portare in via Monforte.
Passando davanti alla portineria, vide la portinaia che lo fissava con occhi lucidi e ansiosi.

Entrò e la donna non trovò neppure il modo di dirgli buon giorno, tanto aspettava in pena che lui parlasse.
Quel morto nella casa l'aveva sconvolta, non si era neppure quasi pettinata, e senza cipria, aveva il volto lucido della donna grassa, che ha la secrezione facile.
Ditemi un po' voi, l'investì De Vincenzi, che non aveva tempo e voglia di badare alle forme, e la portinaia sussultò.
Che c'è, ancora?
Questa notte parlavate di una soffitta, di un uomo che l'abita, che sarebbe capace....
La donna inghiottì la saliva.
Ho detto così quando credevo che si trattasse d'un furto, ma adesso....
Ebbene, chi è colui del quale parlavate?
Un giovanotto, un giovanotto all'apparenza distinto del resto, ma non deve avere un soldo, c'era all'ultimo piano una stanza vuota, sa?
Una di quelle stanze che si danno ai domestici, e mio marito volle affittargliela, saranno quasi due anni ormai, lui ci rimane chiuso quasi tutto il giorno, scrive, dice che fa romanzi, novelle, ma certo non gli danno da mangiare polli quelle sue storie, perchè s'è preso un fornelletto e alla mattina esce a comprarsi qualche cosa.
Come si chiama?
Remigio Altieri.
All'ultimo piano, avete detto?
Sì, la stessa scala del signor Aurigi.

Il commissario uscì dalla portineria e salì al quarto piano passando davanti alla porta d'Aurigi, la vide semiaperta e affrettò il passo perchè non voleva essere fermato in quel momento.

Trovò facilmente l'uscio, era l'unico chiuso, mentre gli altri si aprivano sul lungo corridoio illuminato da una lampada elettrica sempre accesa.

Bussò e comparve nel riquadro della porta un giovane biondo, vestito di nero, che fissò meravigliato il visitatore.

Il signor Altieri?

Sono io.

Vorrebbe permettermi?

E De Vincenzi entrò, passando davanti all'altro, che istintivamente era indietreggiato.

Ho da parlarle.

Si guardava attorno, la camera era modesta, ma molto pulita, e anche i mobili erano notevoli, pochi ma antichi, forse i resti di un'agiatezza tramontata, o forse mobili di una ricca casa di campagna, che i genitori si erano tolti, per darli al loro figliolo emigrato in città.

Uno studente, pensò il commissario.

Il giovane era rimasto presso l'uscio ancora aperto e lo guardava, il suo stupore era tale, che lui non pensava neppure ad irritarsi o a sdegnarsi per quell'intrusione quasi violenta, si limitava a non sapersela spiegare.

De Vincenzi vide il letto, un cassettone, un tavolo con una poltrona davanti e sul tavolo un grande ritratto di donna.
Una bella donna, doveva essere giovane, una gran massa di capelli, due occhi profondi e luminosi.
Nella stanza un odore diffuso di acqua di colonia e di sigarette.
Povertà?
Miseria?
Pasti grami e forse saltuari?
Il commissario cercò invano tracce di un focolare o di un fornello a spirito, e in quanto alla miseria, se pur quella era miseria, essa aveva un'apparenza così dignitosa da incutere rispetto, semmai.
Vorrei rivolgerle qualche domanda, signor Altieri, sono un commissario di Pubblica Sicurezza.
Il giovanotto non sembrò spaventato, anzi, si sarebbe detto che adesso la sua sorpresa fosse cessata, chiuse la porta, però con grande cura e andò verso De Vincenzi.
Non capisco, disse.
Naturalmente, lei da quanto tempo è a Milano?
Due anni.
E prima?
L'altro ebbe un sorriso, estrasse dalla tasca un cartoncino piegato e lo porse al commissario.
Credo che farà prima a leggere la mia carta di identità, sono nato a Nancy.
Francese?

Il giovane assentì col capo.
Francese.
Ma se parla benissimo l'italiano?
Senza accento.
Infatti, da dieci anni sono in Italia, avevo quindici anni quando ci venni.
Solo?
Con mio padre.
E adesso?
Solo, mio padre morì nove anni fa, dopo un anno che ci trovavamo in Italia.
E lei?
È tutta una storia esclamò Altieri, vuole proprio ascoltarla?
In tal caso, la pregherei di sedere.
E De Vincenzi, per tutta risposta sedette nella poltrona.
Il giovane andò dall'altra parte del tavolo e sedette pure lui nella unica sedia che c'era.
Ma se volesse dirmi, signor commissario, quali sono le ragioni per le quali s'interessa a me, forse potrei darle quelle spiegazioni che le occorrono, senza raccontarle tante cose inutili.
Preferisco sentire tutto, anche le cose inutili, fece De Vincenzi un po' seccamente.
Si pentì subito, quel giovanotto in fondo gli era simpatico, e lui evidentemente stava perdendo il suo tempo, come ammettere che Altieri avesse ucciso Garlini o che comunque sapesse qualcosa del dramma?
Il giovane alzò le sopracciglia, di nuovo sorpreso.

Ebbene, se è per farle piacere.
E raccontò sobriamente, senza frasi, senza appassionarsi neppure a quel racconto della propria vita, che lui faceva come se non lo riguardasse, tanto si capiva che doveva essersi ormai completamente diviso dal suo passato, recidendolo da sè con un taglio netto.
Qualche altra cosa molto più importante e profonda lo univa al presente e all'avvenire, e forse appunto quel passato era il peso morto, che oggi lo teneva e lo angustiava.
Sono nato in Francia da padre italiano e da madre francese, può vedere sulla carta d'identità, mia madre era una duchessa di Noailles. Aveva sposato mio padre contro la volontà dei suoi, dopo essere fuggita con lui. Mio padre era un pittore venuto in Francia a cercare fortuna. Mia madre, per sposarlo, fuggì da casa, i suoi genitori non vollero mai perdonarle, con mio padre visse poveramente, il babbo aveva molto ingegno, ma poca fortuna.
Fece una pausa e poi disse, come me, ma subito arrossì e chinò lo sguardo.
De Vincenzi guardava la fotografia sul tavolo, lui se ne avvide e sembrò ancora più imbarazzato.
Voglio dire come me, per quel che riguarda la fortuna.
Rapidamente riprese la sua storia, la madre era morta dopo quindici anni di matrimonio e allora suo padre, aveva fatto ritorno in Italia assieme al figlio, aveva portato con sè i mobili, che aveva

a Parigi, il giovane si guardò attorno, ne aveva venduti molti, gli erano rimasti quelli.
Poi era morto anche suo padre, lasciandolo solo, lui aveva studiato, aveva vissuto dando lezioni di francese, era stato istitutore in qualche casa di ricchi, ma non era il suo pane quello, e si era messo a scrivere per proprio conto, lavorava per qualche editore, faceva traduzioni.
Questo era tutto.
E adesso, in che cosa posso servirla? chiese, con una semplicità così spoglia, da dar l'impressione che rasentasse l'ironia.
Evidentemente, non poteva servirlo in nulla, De Vincenzi ebbe l'impressione di aver proprio perso il tempo, per quanto quella storia – un po' comune, se vogliamo, e un po' troppo romanzo per giovanette – lo avesse interessato, tanto l'accento con cui era stata narrata era sinceramente sereno e placido.
Più che rassegnato, estraneo.
Un ragazzo indubbiamente intelligente, si vedeva ch'era di buona razza. Una duchessa di Noailles, e suo padre un pittore, molto ingegno e poca fortuna, come me, aveva esclamato senza volerlo.
Era vero, del resto.
Ebbene, che altro c'era da fare?
De Vincenzi doveva alzarsi, ringraziare, scusarsi e andarsene.
Mi perdoni d'averla disturbata, ho interrogato lei come tutti gli altri inquilini della casa, la notte scorsa è stato commesso un delitto qui dentro.

Il giovane sobbalzò.
Un delitto? chiese.
Già, e stato ucciso un uomo, il banchiere Garlini, lo conosceva?
No davvero, rispose, ma il commissario sentì che la voce aveva avuto un piccolo fremito, una esitazione.
Allora, aggiunse fissandolo, è stato ucciso in casa di Giannetto Aurigi.
Questa volta il giovane ebbe un sobbalzo, così violento ed improvviso, che la tavola a cui si appoggiava tremò, e impallidì, si fece bianco di cera, e con quei suoi lineamenti sottili, aristocratici, il pallore gli diede subito l'aspetto di un ammalato.
Conosce il signor Aurigi?
No, disse.
Mentiva, era tanto evidente che mentiva, che lui stesso ebbe paura della propria menzogna e s'affrettò a balbettare, voglio dire, lo conosco di nome, l'ho incontrato qualche volta per le scale.
Dove si trovava, la notte scorsa, lei? chiese freddamente De Vincenzi.
L'altro lo guardò meravigliato, non comprendendo.
Come dice?
Dico, dove si trovava la notte scorsa, dalla mezzanotte all'una.
Ma qui, in questa camera, dove voleva che mi trovassi?
E non ha sentito nulla?
Nulla.

Dormiva?
Ma no, forse scrivevo, forse leggevo.
E nessuno che possa provare questo suo alibi?
Alibi?
Perchè dice alibi?
De Vincenzi sorrise, infatti aveva corso un po' troppo, certo quel ragazzo si era turbato al nome di Giannetto Aurigi, ma che cosa significava?
Si poteva supporre e credere che soltanto per questo fosse stato lui ad uccidere?
Qualcosa doveva esserci sotto, ma pensare che quel ragazzo avesse ucciso Garlini gli sembrava enorme, e perchè poi?
È vero che dal pacco mancavano ventimila lire, li ho contati davanti a lu, per dargliele, aveva detto il cassiere, ma quello lì non era tipo da delitto volgare, per furto.
A meno che, e De Vincenzi guardò la fotografia sul tavolo, una donna.
Bene, ne parleremo ancora, tornerò da lei o la manderò a chiamare.
E uscì in fretta.
Il giovane rimase lungamente a guardare la porta per la quale il commissario se n'era andato.
Poi disse, in casa di Aurigi.
Fissò la fotografia e tutto il volto gli s'illuminò di tenerezza e di terrore.

Non so!... Non so nulla!

De Vincenzi scese in fretta al secondo piano.
Suonò alla porta di Aurigi, che adesso era chiusa, e dovette aspettare qualche minuto, prima che Cruni gli aprisse, il brigadiere, quando comparve, era ancora assonnato.
Il commissario entrò di nuovo in quella sala, che ormai conosceva minutamente, tanto ogni particolare di essa gli si era impresso nel cervello.
Aurigi, ancora in frak, avvolto nella pelliccia, dormiva, sfinito, disfatto, sul divano.
Ha dormito sempre? domandò a Cruni.
Così, come lo vede. In certi momenti credevo che fosse morto anche lui, in altri si agitava, smaniava, pronunciava frasi mozze senza senso.
Le hai scritte? chiese il commissario, quasi macchinalmente del resto, perchè le immaginava le frasi, che il dormiente avrebbe potuto pronunciare.
Sono lì.
E il brigadiere indicò il tavolo, sul quale De Vincenzi vide un foglio pieno di note, fissò Cruni. Non si sarebbe aspettato che il suo dipendente avesse dimostrato una tale intelligenza.
Le legga, vedrà che le serviranno poco, non significano nulla.
De Vincenzi aveva preso il foglio e leggeva: no, non far questo, pagherò. Non sei tu che devi

metterti in mezzo, tanta pace, un po' di solitudine, me ne andrò, sì, me ne andrò.
Senza senso?
Lo avrebbe visto poi, a mente riposata. Ma fu quasi contento di quell'osservazione fattagli dal brigadiere, perchè dimostrava che, ad ogni modo, l'intelligenza del suo sottoposto arrivava fino ad un certo punto, e lui, soprattutto in quell'affare, voleva contare soltanto su se stesso, l'aiuto degli altri non avrebbe potuto servire che a fuorviarlo. Doveva seguire il proprio istinto, la propria intuizione misteriosa, se voleva arrivare allo scopo. Ma a quale scopo?
E non volle confessarsi in quel momento, che tutto il suo essere, quasi per una forma morbosa ed improvvisa di attaccamento a quel lontano compagno di collegio, lo spingeva a salvarlo ad ogni costo.
Ogni tanto tornava col pensiero a quell'altro, lassù in soffitta. Non poteva dimenticare la fisionomia di quel ragazzo.
Un volto interessante, indubbiamente, anche quando aveva impallidito, anzi allora di più.
Ma perchè quel pallore, al nome di Aurigi?
Senza spiegarsene neppure lui la ragione, De Vincenzi fece il paragone fra quei due uomini, due magnifici esemplari umani, per quanto uno fosse ancora quasi un ragazzo, ma quanto maturo, quanto già consapevole della vita e del dolore, questo qui era più uomo, seppure con una apparenza meno profonda abitualmente, meno appassionata, più superficiale.

Fino allora aveva dovuto conoscere della vita soltanto il piacere, mentre l'altro sapeva già tutta l'amarezza delle rinunce, dei sacrifici, della lotta.
Poi era sopraggiunta la raffica e questo qui adesso appariva squassato, travolto.
L'altro però, aveva avuto un sobbalzo, così forte, da far tremare il tavolo.
Guardò il dormiente.
Si accorse d'avere ancora in mano il foglio datogli da Cruni e se lo mise nella tasca della giacca, poi chiese, è venuto il giudice?
Sì, alle sette, voleva parlarle, gli ho detto che lei aveva vegliato fino alle quattro, perchè lei dottore, è uscito da questa casa alle quattro e non alle cinque.
De Vincenzi lo guardò, si allontanò un po' dal divano sul quale riposava Giannetto e chiese a bassa voce a Cruni, guardandolo negli occhi, che significa?
Che cosa vuoi dire?
L'altro gli rispose, abbassando la voce a sua volta.
Voglio dire che quell'orologio lì, e indicò il pendolo sul caminetto, va un'ora avanti.
De Vincenzi estrasse l'orologio dalla tasca, guardò il pendolo e sobbalzò, ma non disse nulla e rimise l'orologio in tasca.
Non ha importanza, mi dicevi del giudice.
Tornerà più tardi.
Chi è?

Non lo conosco, è giovane. Mi sembra di aver capito però, da quanto mi ha detto il cancelliere, che di questo affare si occuperà personalmente il Procuratore.
Il commissario alzò le spalle.
Purchè mi lascino ancora per un po' libero d'agire.
Indicò col capo il dormiente.
Lo ha interrogato?
Sì, ma non ha detto nulla, le generalità e basta, a tutte le domande rispondeva, non so niente.
Seguì un silenzio, De Vincenzi si guardava attorno, andò alla porta del salottino e si girò verso Cruni, hanno portato via il cadavere, eh?
Appena il giudice ha dato il nulla osta.
Il giudice ha perquisito l'appartamento?
L'altro fece un gesto.
Più o meno, a dato un'occhiata, ha detto che manderà i funzionari dell'ufficio scientifico per i rilievi, ma sorrideva, come per dire che erano tutte storie inutili, ho l'impressione che fosse convinto della colpevolezza di quello lì che dorme, mi ha domandato se lei lo aveva dichiarato in arresto.
Questa volta, il commissario non sobbalzò neppure e non sorrise. Certo, avrebbe dovuto dichiararlo in arresto, ma sarebbe stato inutile.
Seguì di nuovo un silenzio, De Vincenzi si mosse verso l'anticamera, poi si fermò, il cameriere?
E chi lo ha visto.
Chiamami il commissario Maccari al telefono.

Il brigadiere guardò il suo superiore con meraviglia.
Ma dormirà dottore, era di servizio questa notte.
Chiama il Commissariato Duomo, se non ci sarà Maccari, ci sarà qualche altro.
Cruni andò al telefono e poco dopo si affacciava alla porta, tenendo in mano la cornetta appesa al cordone verde, ecco dottore.
De Vincenzi prese il ricevitore:
Pronto, ah sei tu, sì buon giorno, Maccari t'ha lasciato il rapporto? Bene, sì naturalmente, il questore ha affidato a me l'inchiesta, ecco, ho bisogno che tu mi trovi subito il conducente del taxi, che ha portato ieri la contessina Marchionni, sì, era di stazione in via Monforte all'angolo di via del Conservatorio alle diciassette, diciassette e trenta, sì grazie, un'altra cosa, la Centrale ha dato gli ordini per ricercare il cameriere Giacomo Macchi, devono averne telegrafato il ritratto parlato in tutta Italia e alle frontiere, cercatelo anche voi, soprattutto sappimi dire, se risulta qualcosa sul suo conto, come?
Nel casellario nulla, grazie, nient'altro per ora, ah, quando viene Maccari, pregalo di telefonarmi, grazie, ciao.
Riattaccò il ricevitore e tornò in sala.
Giannetto Aurigi dormiva sempre, adesso, non era più agitato, non si muoveva nemmeno.
Il commissario riprese a parlare con Cruni.
Hai preso le informazioni su chi abita qui accanto?

Ho incaricato Verri di farlo e lui mi ha portato il biglietto da visita del padrone dell'appartamento, è un ingegnere.
Ce l'hai?
Che cosa?
Il biglietto?
Eccolo, me lo sono fatto lasciare da Verri, il quale voleva consegnarlo direttamente a lei.
De Vincenzi prese il biglietto e lesse, Vittorio Serpi, non lo conosceva. Chiese, ha famiglia?
Moglie, due figli, domestica.
Hanno sentito nulla?
Nulla.
A che ora è rincasato, stanotte?
Alle dodici dopo teatro, dice di aver trovato il portone chiuso e le scale deserte.
Odore di cordite per le scale?
Non credo, lo avrebbe detto.
Dopo, lo farai venire in Questura, nel pomeriggio di oggi con tutti i suoi familiari.

Dal divano venne un sordo gemito e l'uomo disteso si mosse, non vaneggiava, non era più sotto l'incubo del sogno, si svegliava, lentamente, tornava dalla notte buia al chiarore della percezione.
De Vincenzi afferrò Cruni per un braccio e lo spinse verso l'uscio in fondo, taci, va' di là, non farti vedere, fin quando non ti chiamo.
Cruni sparì.
Giannetto, sempre mandando piccoli gemiti interrotti, si agitava sul divano, quasi volesse trovare una posizione comoda per

riaddormentarsi, ma non ci riuscì e aprì gli occhi. Si guardò attorno, per capire dove si trovasse, vide la camera, i mobili familiari, poi guardò se stesso ancora in frak e con la pelliccia addosso e sul volto gli si diffuse una profonda meraviglia, non capiva.
Scorse De Vincenzi, come un lampo, si fece la luce nel suo spirito ed lui balzò a sedere sul divano, aveva il volto contratto, ma fermo e rigido.
De Vincenzi affettò indifferenza e gli disse con tono gioviale, buon giorno, hai riposato?
Ho riposato rispose Giannetto con voce bianca, quasi afona.
E si alzò lentamente.
Hai riposato sul divano, non è il posto più comodo.
Non avevo da scegliere, volevi che andassi di là?
Ma non si era girato ad indicare la porta del salottino, certo ne aveva ancora orrore.
De Vincenzi invece, fissava quella porta e rispose con indifferenza, quasi volesse mostrare di non dare importanza alla cosa, oh adesso desso puoi andarci, non c'è più.
L'altro lo interruppe e la voce gli si era fatta quasi stridula, lo so.
Eri sveglio, quando lo hanno portato via?
Sì.
Ebbe un brivido visibile e si raccolse in se stesso.
Seguì un silenzio lungo, troppo lungo, il commissario avrebbe voluto farlo cessare e non

trovava la frase adatta, finalmente chiese, il giudice ti ha interrogato?
L'altro sembrò destarsi di nuovo, tanto era assorto.
Come dici?
Già, stamattina.
E tu?
Non ho confessato.
Il suo sarcasmo, dando quella risposta, era doloroso più che amaro, sanguinante.
De Vincenzi credette giunto il momento di andare un po' a fondo, alzò le spalle ed esclamò, con brutalità da poliziotto, non era necessario, neppure.
Giannetto sogghignò, infatti. Chi vuoi che creda che non sono stato io?
E tu non sei stato? disse subito De Vincenzi, quasi incalzandolo, tanto lo guardava con lo sguardo.
Oh, credi anche tu quel che vuoi, ormai.
In quelle parole c'era un tale abbandono sfiduciato, un tale rinuncia ad ogni lotta, che l'amico lo afferrò per un braccio e lo obbligò a girarsi verso di lui.
Guardami Giannetto, e spaventoso quello che è accaduto qui dentro, spaventoso sopratutto per te, io mi sforzo di crederti innocente, lo voglio, ti dirò di più, è l'amico che ti parla, l'amico, il compagno dei tempi lontani, credimi. Ti dirò quel che il mio dovere mi vieterebbe di dirti, c'è qualcosa in tutto questo di così torvo, di così paradossale, di così terribilmente artificioso che

mi fa credere alla tua innocenza, ma per l'amor di Dio, aiutami tu. Parla, dimmi tutto, mettimi in grado di scoprire la verità, anche se la ignori.
L'altro non apparve commosso, sembrava insensibile, scrollò di nuovo le spalle.
Ormai ripetè.
De Vincenzi ebbe un nuovo scatto e questa volta la sua violenza si fece proprio brutale, ma imbecille non capisci, che è la vita che giochi?
Tutte le apparenze sono contro di te, non capisci che io stesso non posso far nulla, se tu non mi dai il modo di scoprire la verità?
Non so, non so nulla.
Ma renditi conto Giannetto, che nessuno ti può credere, quando dici di non saper niente, questa è casa tua, la serratura non è stata forzata, capisci quel che voglio dire?
E poi, come si può ammettere che Garlini sia entrato in casa tua per farsi ammazzare da un altro, se non ce l'hai portato tu?
Garlini era il tuo agente, e mentre ti parlo, i periti stanno facendo l'esame dei libri della banca, troveranno le cifre della tua partita, diranno che tu avresti dovuto pagare domani all'agenzia di Garlini quasi mezzo milione.
Giannetto lo ascoltava evidentemente, ma non si muoveva, il suo volto rimaneva impenetrabile.
Il commissario ebbe un piccolo sussulto, quasi un'idea improvvisa gli fosse apparsa.
Lentamente, scandendo le parole, domandò, avresti dovuto realmente pagare mezzo milione a Garlini?

Che vuoi dire?
Allora, De Vincenzi gli parlò con semplicità, e con tale sincerità nella voce, che anche Aurigi ne fu per qualche minuto scosso.
Ascoltami Giannetto, tu lo sai, tranne nel caso della pazzia, per commettere un omicidio occorre una ragione, una causale, il movente. Il tuo movente, qualora fossi stato tu ad ucciderlo c'è, è l'interesse, il fatto preciso che avresti dovuto pagare domani una somma, che non avevi.
Aurigi lo interruppe quasi con baldanza, chi può dire che io non l'avessi?
Subito l'altro si fece insinuante, pur continuando a guardarlo, allora hai pagato?
Tu lo sai, se io ho pagato.
No evidentemente, non lo so o per lo meno non lo so ancora, come credi che potrei saperlo?
Oh allora.
Allora, sei tu che devi dirmelo, e devi anche dimostrarmi come facevi ad avere il denaro per pagare, se lo avevi.
La risposta venne immediata, troppo immediata e troppo piena d'ansia.
Non ho pagato, e come potevo avere il denaro per pagare?
De Vincenzi si ricordò allora di uno dei due fogli, che aveva trovato nelle tasche del morto e che si era messo nelle proprie, appena letto. Non l'aveva neppure mostrato a Maccari, non l'avrebbe per ora mostrato neanche al giudice istruttore, con un movimento macchinale fece

per estrarre quel foglio dalla tasca, ma subito si trattenne, non doveva mostrarlo ancora a Giannetto, non doveva unicamente, perchè avrebbe tradito il suo ufficio, facendolo.

Allora, come per farsi perdonare da se stesso quella severità, quella freddezza d'indagine, che certamente in lui doveva sempre esistere, ma che questa volta, data la sua amicizia per quell'uomo, lo faceva soffrire, parlò ancora con calore rinnovato.

Ma benedetto Iddio, non rinchiuderti in un silenzio aspro e terribile, che ti perde, non vedi che tutto ti accusa, come vuoi che Garlini sia venuto qui, se non con te o per trovare te?

Non lo so.

È pazzia la tua, vuoi difenderti, fingendo la pazzia?

L'altro spalancò gli occhi, come se quell'insinuazione avesse avuto soltanto il potere di stupirlo.

Ma non mi difendo, non mi difendo, soltanto ti supplico di non torturarmi, se ancora un po' della tua vecchia amicizia è rimasta in te, se proprio puoi riuscire a non disprezzarmi, non continuare a voler sapere da me quel che io non posso dirti, perchè lo ignoro.

Cadde a sedere e si prese la testa fra le mani, si sentì un singhiozzo e le sue parole si fecero supplichevoli.

Non posso, non posso dirti nulla, non so, non capisco, ho paura di capire.

Rialzò la testa, con uno scatto di disperazione, nella voce gli suonava uno strazio sordo, ho paura capisci, ho paura di sapere quel che è successo qui dentro.
De Vincenzi continuava a fissarlo, certo tutto il dramma doveva trovarsi racchiuso in quelle parole, ma Giannetto non avrebbe pronunciate le altre, che sarebbero state necessarie a spiegarlo. Meglio era fingere di non voler sapere, senza contare che adesso sarebbe stata una crudeltà.
Bene, calmati, dopo tutto me la caverò da me, anche se tu non vuoi. Abbiamo troppi indizi, per non riuscire.
Cercava le parole, ad un tratto, si mise deliberatamente la mano in tasca ed estrasse non quel foglio, che prima aveva stretto tra le dita, senza osare di mostrarlo ad Aurigi, ma un altro, il secondo di quei due, che aveva trovato nelle tasche del morto, e glielo mise davanti agli occhi.
Guarda.
Non c'era bisogno di dirglielo, Giannetto aveva visto e un brivido lungo lo aveva percosso.
Chiese con voce che non vacillava, lo aveva in tasca?
Sì, lo aveva in tasca, nella tasca interna del frak, è tuo vero?
È un tuo biglietto a Garlini, c'è la data di ieri, c'è la tua firma, dice, Giannetto l'interruppe con sarcasmo, era riuscito a vincere il turbamento e si era fatto freddo, lo so quel che dice.

Ma De Vincenzi lesse, vieni stanotte alle dodici e trenta, preparati a mantenere l'impegno e la firma, la tua firma, ebbene?
Adesso le domande e le risposte, le parole dei due si fecero incalzanti. Vibravano come colpi di rivoltella.
Realmente aveva raggiunto il dramma, attraverso quel colloquio, l'acme della tragicità.
È chiaro, no? pronunciò con tutta la sua ironia, Giannetto, che vuoi di più?
È chiarissimo per mandarti alla fucilazione.
Oh, ed alzò le spalle.
Poi subito aggiunse, con freddezza decisa, era un farabutto, l'ho ucciso, è questo che volete sapere tutti quanti?
Ora lo sai, adesso basta, è finito, non ho altro da dirti.
Già, ma invece non è finito, c'è il tuo alibi, tu sei uscito alle undici e mezza dalla Scala e sei stato a passeggiare per due ore, ti hanno visto.
L'altro, quasi senza volerlo, s'illuminò di speranza, chi mi ha visto?
Era così evidente l'ansia di lui, che De Vincenzi si sentì di nuovo fuori strada e dovette chiedere, ma allora, allora tu sei stato davvero due ore in giro per Milano?
È proprio la verità, quella che hai detto?
Ah.
Dunque, il commissario non sapeva nulla, nessuno lo aveva visto passeggiare per Milano in quelle ore, e Giannetto ricadde nella sua apatia

rassegnata, vedi, non mi ha visto nessuno, e poi?
Che cosa potrebbe dimostrare?
Posso averlo ucciso prima di mettermi a passeggiare, non sarò mica rimasto qui dentro a contemplare il cadavere.
Stava per continuare, ma De Vincenzi lo interruppe, dimmi, conosci Remigio Altieri?
Almeno questo potrai dirmelo, no?
L'altro si fermò a guardarlo.
Non capiva.
Remigio Altieri? chiese profondamente stupito.
Sì, un giovane biondo, che abita....
Chi sa perchè il commissario s'interruppe a metà e si trattenne dal dirgli dove abitava, no, non l'ho mai sentito nominare, affermò con sincerità Aurigi.
In quell'istante suonò il campanello della porta, Giannetto ebbe un fremito lungo, istintivamente diede qualche passo indietro, quasi per indietreggiare da un possibile pericolo.
Tutti e due rimasero a fissare, oltre l'uscio della sala, la porta d'ingresso, che si apriva.
E fu da quel momento che quella porta, terribile Nemesi, cominciò ad assumere le funzioni del destino e a regolare, col suo spalancarsi nei momenti culminanti, l'andamento dell'azione.

Il conte Marchionni

Entrò per primo un vecchio forte e diritto, molto distinto, elegante di un'eleganza quasi giovanile. Lo seguiva un uomo piccolino ed esile, ma che ognuno si sarebbe girato per la strada a guardare, tanto il suo abito grigio-chiaro era vistoso e tutto il suo modo di fare attirava l'attenzione, aveva anelli alle dita, un grosso brillante alla cravatta dai colori vivaci,e sopra quel fantastico brillante e quella non meno fantastica cravatta, un volto volgare, da furetto, che sembrava fiutasse in sempiterno.
Cruni si era fatto da parte per lasciarli entrare, ed aveva chiuso la porta dietro di essi.
Il vecchio avanzò con sicurezza dicendo, vorrei parlare al commissario incaricato dell'inchiesta, mi hanno detto in Questura che si trova qui. Sono il conte Marchionni.
Aveva il volto grave ed ermetico, e quando vide Giannetto, non un muscolo della faccia gli si contrasse.
De Vincenzi ritrovò immediatamente la sua serena sicurezza, avanzò verso il sopravveniente, inchinandosi con freddezza, commissario De Vincenzi, sono a sua disposizione.
Poi guardò Harrington ed ebbe un sorriso ironico.
Avete trovato il vostro da fare, Harrigton.
L'uomo dai molti gioielli disse in fretta, con una leggera aria di trionfo, alzandosi sui talloni, ho

l'autorizzazione del Questore cavaliere, il signor conte l'ha chiesta ed ottenuta.
È esatto, confermò il conte Marchionni, ho creduto valermi dell'opera del signor Harrington, non perchè non avessi fiducia nell'intelligenza e nella capacità dei funzionari di Pubblica Sicurezza, ma perchè penso che un detective privato abbia maggiore libertà di movimenti e possa riuscire là dove essi falliscono, ho vissuto molto in Inghilterra e mi sono abituato a considerare la professione del detective privato come necessaria e indispensabile.
Fece una pausa, quasi attendesse che il commissario gli facesse qualche obiezione, ma De Vincenzi tacque e lui continuò, il Questore ha cercato di comprendere le mie ragioni e ha soprattutto capito quanto sia vitale per me conoscere la verità, tutta la verità. Soltanto in tal modo potrò rendere immune da calunnie e da falsi apprezzamenti l'onore di mia figlia.
Giannetto, che fino a quel momento era rimasto muto e immobile in un angolo della camera, fece un passo avanti, il suo volto, se era possibile, diventò ancora più pallido, per un attimo gli occhi gli brillarono.
Ma De Vincenzi, si frappose con un movimento rapido fra lui e Marchionni, temeva che Aurigi potesse abbandonarsi a qualche eccesso e disse in fretta al conte, non capisco signor conte, in che cosa possa venire messo in causa, sia pure lontanamente, l'onore di sua figlia.

Fino a ieri, mia figlia era la fidanzata dell'assassino.

A quella parola anche De Vincenzi ebbe un sussulto visibile, e la voce di Aurigi risuonò sorda e spasimante, lei non può credere che io sia un assassino.

Marchionni si girò lentamente verso quella voce.

Io non credo nulla, constato, cerco di sapere fino in fondo, giudico. Altri devono condannare.

De Vincenzi intervenne con autorità, mi permetta conte, e fece un gesto con la mano, quasi per impedirgli materialmente di continuare. Poi si girò verso il fondo e chiamò Cruni, venite qui brigadiere.

Cruni avanzò nella stanza e il commissario gli indicò Giannetto.

Il signor Aurigi è in stato di arresto, ve lo affido Cruni, portatelo di là nella camera da pranzo, in attesa di portarlo a San Fedele, lui non deve parlare con nessuno, chiudete le porte e non vi separate da lui, per nessun motivo, neppure un istante.

Giannetto aveva ascoltato quelle parole con indifferenza, ricadde nel suo stato di torpore e non oppose la più piccola resistenza, quando il brigadiere gli si avvicinò e gli disse con cortesia, venga con me.

Tutti e due scomparvero nella sala da pranzo, della quale Cruni richiuse la porta.

La scena si era svolta in pochi secondi, il conte aveva assistito ad essa, senza dar segno di meraviglia, il silenzio che seguì fu brevissimo,

con perfetta naturalezza di movimenti, De Vincenzi offrì una sedia a Marchionni, vuol sedere signor conte?
Dal momento che lei, venendo qui, è andato incontro al mio desiderio, le chiedo un colloquio. Sono qui anche per questo, rispose il conte, sedendosi.
De Vincenzi si girò verso Harrington.
Credo che v'interesserà dare un'occhiata al luogo del delitto, Harrington, giacchè siete stato autorizzato a seguire l'inchiesta, ve lo permetto, bene inteso, il giudice istruttore si regolerà come vorrà nei vostri riguardi, a me per ora, voi non date alcun fastidio.
Subito il detective assunse un'aria cordialmente confidenziale.
Anzi, spero di poterle dare qualche aiuto cavaliere, conosco qualcosa di più di quanto hanno pubblicato i giornali stamane e posso dirle che ho già una teoria.
Una teoria, eh, Harrington? disse De Vincenzi, con un lieve sorriso ironico, bella cosa avere una teoria, sappiate che, invece io non ce l'ho una teoria.
L'altro non volle afferrare l'ironia del commissario.
Oh, basta far lavorare le cellule grigie del proprio cervello.
Già fece De Vincenzi, ma troncò subito con freddezza, ebbene fatele lavorare Harrington, è proprio questo il momento.

Si diresse verso la porta del salottino e fece cenno al detective di seguirlo, quando fu sulla soglia, indicò la camera e disse, ecco, in questo salotto è stato trovato il cadavere, entrate pure e non toccate nulla, anche perchè intanto, tutto quello che c'era da toccare lo abbiamo toccato noi.
Entrando nel salottino, Harrington disse, lo credo cavaliere.
De Vincenzi tornò subito verso il conte.
Mi scusi, come vede, facilito il compito al suo detective, un brav'uomo quell'Harrington, aspettava di potersi occupare di un delitto, di un vero delitto, con così ansioso desiderio, mettersi un nome inglese, come Sherlock Holmes, e doversi occupare soltanto d'informazioni e di pedinamenti, un martirio, ma il buon Dio lo ha aiutato, finalmente.
Fece una pausa, e poi fissando Marchionni, chiese, ma a che cosa crede che le possa essere utile, signor conte, l'opera di un detective privato?
Intanto, a portare un aiuto alla Polizia, e a rendere quindi, più rapida l'istruttoria.
Aveva nella voce un leggero sarcasmo, ma De Vincenzi non sembrò rilevarlo, perchè disse con perfetta sincerità, grazie.
E poi a dimostrare a tutti, nel caso ce ne fosse bisogno, che il conte Marchionni, pur essendo Giannetto Aurigi il fidanzato di sua figlia, non ha esitato a prendere decisamente posizione

contro di lui, dato che sia colpevole realmente, insinuò con un sorriso dolce il commissario.
Il conte lo fissò con attenzione, quasi con meraviglia, oh questo sì, naturalmente. Ma purtroppo quali speranze si potrebbero avere, che lui sia innocente?
Ha trovato qualcosa, lei?
A che punto è l'inchiesta?
Al principio, per conto mio al principio, rispose De Vincenzi scuotendo il capo. In quanto al giudice istruttore, credo non l'abbia neppure iniziata, se non per pura forma ancora.
Vede, no, no, non ritengo che ci si possa fare illusioni.
E tacque, chinando il capo.
È un delitto complesso e terribilmente oscuro, osservò il commissario, anche per rompere l'imbarazzo di quel silenzio, tutto sembra accusare Aurigi, non si riesce a pensare chi potrebbe essere stato, se non lui. Eppure la ragione si ribella ad ammetterlo.
Sì infatti, la ragione di chi lo ha conosciuto fino a ieri, di chi gli ha dato tutta la sua fiducia, fino al punto da accoglierlo nella propria famiglia, si rifiuta a crederlo colpevole, ma appunto perchè ho temuto che, questa volta, la ragione s'identificasse col sentimento o col tornaconto, ho ritenuto mio dovere far qualche cosa di effettivo, di visibile, per contribuire a svelare la verità.

Adesso l'ironia di De Vincenzi apparve manifesta, mettendo in opera le doti di indagine e di deduzione del nostro amico Harrington?
Il conte si alzò e disse con un certo calore, precisamente, comunque lui sarà un testimonio.
Per noi, disse freddamente De Vincenzi, non ce ne sarebbe stato bisogno di un testimonio.
Già la sua ragione, dottore, che pure non può essere nè sentimento, nè tornaconto, come mai esita ad accettare tutte quelle prove che esistono ed accusano Aurigi?
Perchè sarebbe la prima volta che un delinquente avrebbe messo in opera tutte le proprie doti d'intelligenza e di astuzia, per rendere assolutamente inequivocabile la propria colpevolezza.
Oh, fece Marchionni alzando le spalle, Aurigi, anche assassino non sarebbe che un assassino occasionale.
Sì, ma se si toglie la premeditazione a questo delitto, il delitto non poteva compiersi, e se la si ammette, esso non poteva venir compiuto nel modo con cui sembra esserlo stato.
Perbacco, esclamò il conte.
Sembrava, più che colpito dalle parole del commissario, imbarazzato. Per cambiare discorso e quasi per mettersi subito sopra un terreno pratico e affrontare nettamente la situazione, disse irrigidendosi, ma lei voleva interrogarmi.
L'altro corresse con troppa cortesia, per essere sincero, le ho chiesto un colloquio, non mi sarei

permesso un interrogatorio, ma non le nascondo che faccio appunto assegnamento su quanto vorrà dirmi lei, per far fare all'inchiesta un passo decisivo.
Non saprei come, ma può cominciare.
De Vincenzi sembrò raccogliersi un istante e poi, fissando il suo interlocutore domandò, ieri sera Giannetto Aurigi è stato alla Scala con loro, nel suo palco?
Aurigi era il fidanzato di mia figlia, potrei cercare giustificazioni a questo fatto, che mi è impossibile negare, preferisco non cercarle, era fidanzato da un anno, avrebbe dovuto sposarsi dopo la Quaresima, le accerto però, che questo matrimonio, per mia decisione, non si sarebbe fatto.
Perchè?
Se vuole dirmelo.
Da qualche mese a questa parte, Aurigi si era messo a giocare, il mese scorso ha avuto una fortissima perdita in Borsa, questo mese la sua situazione era ancora peggiore, anche se non fosse accaduto quel che è accaduto, lui non avrebbe potuto evitare la rovina.
Capisco disse De Vincenzi, a che ora ha lasciato il teatro, ieri sera, Aurigi?
Dopo il secondo atto dell'Aida, saranno state le undici.
Ed era stato nel ridotto con lei?
Questo è abbastanza esatto, riconobbe subito Marchionni, con un breve sorriso, fui io ad invitarlo a venire con me nel ridotto per parlare,

la discussione fu tempestosa, quanto naturalmente poteva essere tempestosa una discussione nel ridotto della Scala, in mezzo a tutta la gente, che ci ascoltava.

Dal ridotto, Aurigi si allontanò per uscire dal teatro?

No, tornò nel palco, si trattenne qualche minuto con mia moglie e con mia figlia, e poi accusando un improvviso mal di testa, ci salutò ed uscì.

Lei rimase nel palco con le signore?

Sì, naturalmente.

De Vincenzi notò che, per la prima volta da quando dava le sue risposte, Marchionni aveva manifestato un leggero imbarazzo, lo fissò e il conte continuò subito in fretta, intanto, era cominciato il terzo atto, mia figlia andò a far visita alla marchesa di Belmonte, nel suo palco, e rimase con la figlia della marchesa, che è sua amica, fino al termine dello spettacolo, uscì dal teatro assieme a loro e tornò a casa nell'automobile della marchesa.

Vedo, disse il commissario, sicchè sua figlia è rientrata al palazzo verso l'una di notte?

Calcolo appunto a quell'ora.

Lei la vide rientrare? chiese subito De Vincenzi, guardandolo.

Sì, ma perchè mi fa queste domande?

Non vedo come possa interessarla tutto quanto ieri sera abbiamo fatto io e la mia famiglia.

Infatti, non m'interessa, è soltanto per precisare le ore e per rendermi conto di quelle che possono essere state le mosse di Aurigi, che io le

chiedo dove e come abbiano trascorso la serata lei e i suoi.
Se le fa proprio piacere, allora, le dirò che io, terminato lo spettacolo, sono andato al Savini e poi al Clubino, dal Clubino sono uscito alle due o circa alle due.
Oh, esclamò De Vincenzi, strano.
L'altro disse sarcasticamente, che cosa è strano?
Che io abbia ceduto ad un presentimento, rimanendo fuori di casa proprio nelle ore in cui si stava commettendo un omicidio?
Io credo ai presentimenti, disse De Vincenzi.
Io no invece, e le dirò che era stata semplicemente la discussione avuta con Aurigi, che mi aveva turbato, sentivo che Aurigi correva verso la rovina, temevo effettivamente il peggio e mi preoccupavo della impressione, che una separazione ormai inevitabile e definitiva avrebbe potuto produrre su mia figlia.
Il conte passeggiò per qualche minuto per la camera e poi deliberatamente si fermò davanti al commissario, mia figlia amava il suo fidanzato, scandì con forza, lei lo aveva liberamente scelto per sposarlo, avrebbe perso il titolo.
Tacque, aspettò che De Vincenzi dicesse qualche cosa, e poichè invece quello taceva, riprese a camminare per la stanza, parlava quasi tra sè, dimenticando che non era solo, certamente, non avrei mai potuto pensare ad una cosa così terribile, ma sapevo Aurigi nella

più grave delle situazioni finanziarie, lo vedevo ridotto alla rovina, al fallimento, alla fuga, forse, sapevo che Maria Giovanna aveva avuto con lui, ieri sera stessa, una spiegazione violenta nel palco e poi nei corridoi, li avevo visti parlare concitatamente.
Si fermò di nuovo e fissò l'altro, che taceva sempre, osservandolo, presentimento, eh? disse con un sogghigno amaro, intuizione. Che c'è di strano che mi fossi sentito nervoso e turbato?
De Vincenzi credette di aver taciuto abbastanza. Non era per questo suo presentimento, che io ho esclamato strano, disse con voce tranquilla, la stranezza è altrove.
Il conte si mise sulla difensiva, si spieghi.
Dicevo, è strano, che lei abbia potuto assistere al ritorno di sua figlia a casa all'una, se si trovava al Savini o al Clubino.
Il turbamento del conte non fu eccessivo, lui sorrise, infatti non l'ho vista tornare, il portinaio mi ha detto questa notte stessa, a che ora era rientrata e mia moglie me lo ha confermato, le sembra che tutto ciò abbia la minima importanza?
Nessuna disse De Vincenzi con indifferenza.
Appunto, nessuna, e non trovo che lei debba torturarsi eccessivamente il cervello, per ricostruire la scena del delitto.
Le pare. Sì, di ricostruzioni logiche ce n'è più di una, ma suonano tutte false, come campane incrinate.

Marchionni ebbe uno sguardo di sincera commiserazione, e lei è giunto a questa conclusione.
No, io non sono giunto ancora a nessuna conclusione, cerco.
Va bene disse il conte, con voce fredda, come per troncare quel colloquio, ma lascerà che anche Harrington cerchi e non gli intralcerà i movimenti, non è vero?
Certo che no, purchè cerchi realmente le prove della verità.
Il conte si diresse verso la porta del salottino, vado a dirglielo allora, se permette.
De Vincenzi si inchinò, s'accomodi.
Quando lo vide sull'uscio, lo richiamò, mi scusi signor conte, posso permettermi di telefonare alla contessa, per pregarla di ricevermi?
Marchionni si girò lentamente e guardò De Vincenzi con perfetta tranquillità, non può telefonare al palazzo, dottore.
Fece una pausa calcolata, certamente, pensò tra sè De Vincenzi, è un uomo abile, lui aveva perfettamente capito a che cosa mirasse la richiesta del commissario, e infatti continuò quasi con ironia, non abbiamo telefono, non ho mai voluto metterlo.
Allora, se crede, vorrebbe avvertirla lei di una mia visita?
Naturalmente, lo dirò a mia moglie io stesso e lei potrà venire oggi nel pomeriggio.
Rispose con un cenno della testa all'inchino del commissario e scomparve nel salottino.

De Vincenzi rimase assorto, quel colloquio gli aveva rivelato un orizzonte nuovo, nuovo e niente affatto sereno, dove si sarebbe andati a finire?
Adesso, il dramma si metteva per vie tortuose e irte di ostacoli d'ogni genere. Evidentemente, quel gentiluomo aveva uno scopo, che non era certo quello da lui confessato. Ricordava il paragone già fatto, De Vincenzi, e pensava che anche Marchionni suonava falso come una campana incrinata.
Ma perchè?
In lui dov'era la screpolatura e da che cosa causata?
Esitò un po', poi si decise e andò rapidamente alla porta della sala da pranzo, guardò dentro e fece cenno a Cruni di raggiungerlo, quindi richiuse subito la porta, quando il brigadiere gli fu vicino, lo prese per un braccio confidenzialmente e gli disse, Cruni, amico mio, voi avete fiducia in me, vero?
Lui gli dava un po' del tu e un po' del voi, secondo i momenti.
Cruni non si meravigliò nè del tono, nè delle parole del suo superiore. Lo conosceva e gli voleva bene, era un commissario, che non angosciava i propri dipendenti con eccessive pretese. L'unico sempre cortese con loro, l'unico che non facesse ricadere su gli altri i propri errori e tutte le noie del servizio.
Sono otto anni, dottore, disse con voce quasi commossa, che sto con lei, è lei che deve avere

fiducia in me, io farei qualunque cosa per meritarmela.
E sottolineò la frase, con un gesto energico, stringendo il pugno ed agitandolo in aria.
De Vincenzi ebbe un sorriso.
Lo so, Cruni, ebbene, adesso io faccio proprio assegnamento su di voi, devo....
Ebbe una breve esitazione, fissò il dipendente negli occhi e vi lesse una tale franchezza, che subito riprese, Cruni, io sto per fare qualcosa di non regolare, di non molto regolare, e voi la dovete fare con me se acconsentite, ma è necessario, non soltanto per salvare quello lì, e indicò la porta della camera da pranzo, se pure meriterà di essere salvato.
Il brigadiere lo interruppe, dottore, quell'uomo non ha ucciso, glielo dico io, che me ne intendo, non ha ucciso.
De Vincenzi disse, non lo so Cruni, io stesso non lo so, quanto so con sicurezza, però, è che in questo delitto c'è qualche elemento, e proprio l'elemento più atroce, che è estraneo ad Aurigi. Ebbene Cruni, bisogna, capite?
Bisogna che io veda chiaro e fino in fondo, i mezzi normali, legali, regolamentari, non bastano e non servono in questo caso, io devo ricorrere ad altri mezzi, se voglio arrivare fino alla verità, a tutti gli altri mezzi, qualunque essi siano. La mia coscienza me lo permette, anzi mi ci obbliga, anche se il regolamento o il codice me lo vietano. Quindi, ho bisogno di voi, siete disposto ad aiutarmi?

Disponga di me dottore, disse Cruni, mettendosi una mano sul petto.

Sì, conto su voi, adesso vi dirò che cosa c'è da fare, ma prima chiamatemi un agente, ce ne devono essere due in portineria, fatemi venire il più sveglio.

Il brigadiere uscì rapidamente dal fondo, lasciando aperto l'uscio dell'ingresso.

De Vincenzi fissò la porta della camera da pranzo, lentamente si avvicinò ad essa ascoltando, non sentì il più piccolo rumore, la socchiuse e vide Giannetto seduto davanti al tavolo, con la testa fra le mani, non si muoveva e non si mosse neppure, quando l'uscio si aprì.

De Vincenzi ebbe un sorriso amaro e richiuse la porta.

Tornò in mezzo alla stanza, guardò di nuovo verso Aurigi e questa volta ebbe un gesto d'ira, ma perchè si ostinava a tacere?

Perchè lui doveva proprio salvarlo ad ogni costo?

Dall'ingresso vennero Cruni e un agente, De Vincenzi guardò quest'ultimo e gli disse, bene, tu va' a metterti in quella camera, e gli indicò la sala da pranzo, ci troverai un signore, che è in stato d'arresto. Tu me ne rispondi. Ma bada, devi trattarlo con cortesia e soprattutto cerca di dargli l'impressione che non ci sei e che non lo sorvegli, chiudi la porta, anche a chiave dal di dentro se credi, e non far entrare nessuno, tranne naturalmente il giudice istruttore, ma quello lo vedrò prima io, hai capito?

L'agente s'inchinò, allargando le braccia con un gesto goffamente espressivo, sì cavaliere.
Va'.
E lo portò lui stesso fin quasi dentro la camera, richiudendo la porta.
Poi si avvicinò a Cruni.
E adesso ascoltami.
Rapidamente, ma con la maggiore chiarezza possibile, gli espose i punti essenziali delle affermazioni fattagli dal conte Marchionni e gli ordinò di controllarle. Andasse al Savini, al Clubino, al palazzo del conte e interrogasse tutti coloro, che potevano confermare o meno quanto Marchionni aveva detto, gli raccomandò però, di usare la maggiore discrezione possibile, Cruni doveva capire come, tanto lui, quanto il commissario, giocavano una carta pericolosa, controllando in quel modo le informazioni di un testimone di quella importanza. Cruni rispondeva con cenni di assenso, aveva capito perfettamente. Ad un certo punto, esclamò, anche a me quel signore non sembra molto cristiano.
Cristiano o no caro Cruni, se il Questore viene a sapere quel che facciamo, senza avere avuta la sua autorizzazione, ci fa saltare tutti e due, per me è cosa da nulla, ma per voi....
Oh, per me fece il brigadiere, alzando le spalle, e preso il cappello, che aveva posato sopra una sedia dell'ingresso, si diresse verso l'uscio.

Proprio in quel momento, dal di fuori, una chiave venne introdotta nella serratura, il rumore, che fece girando si sentì netto e sicuro.

De Vincenzi afferrò immediatamente Cruni per un braccio e lo tirò in un angolo, tutti e due rimasero lì, appiattiti, con gli occhi fissi alla porta.

La chiave girò due volte e l'uscio si aprì lentamente.

Le due rivoltelle

Il battente dell'uscio si aprì e nel riquadro di esso apparve la figura di un uomo tozzo e quadrato, aveva il cappello grigio quasi sugli occhi e un lungo soprabito nero.
Si fermò un istante a guardare la stanza d'ingresso, ma non vide i due, che si erano nascosti dietro la porta della cucina, avanzò lentamente, richiudendo con cura la porta dietro di sé, poi si diresse nella camera del domestico e si tolse il soprabito e il cappello, prese sul letto il panciotto a righe bianche e turchine e una giacca nera. Guardò un istante quegli indumenti, quasi chiedendosi se dovesse o meno indossarli e poi si decise, si tolse gli abiti che aveva addosso e rivestì quelli, che indicavano palesemente le sue funzioni.
Si diresse poi verso la sala da pranzo.
De Vincenzi lo poteva vedere chiaramente, un uomo piuttosto anziano, dai capelli grigi, ma con la pelle ancora fresca, solido e forte.
Il commissario non lo lasciò entrare nella sala, e quando quegli fu in mezzo alla stanza d'ingresso, avanzò direttamente verso di lui.
L'uomo ebbe un sobbalzo e istintivamente portò la mano alla tasca posteriore dei pantaloni, con voce un po' turbata, ma minacciosa, chiese, che cosa fate qui dentro?
Il commissario gli chiese, voi siete Giacomo Macchi, il cameriere di Aurigi.

L'altro sobbalzò, ma ritrovò subito la propria sicurezza.
Io sono il cameriere del signor Aurigi, infatti, ma loro chi sono e che cosa fanno in casa del mio padrone?
Ve lo dirò dopo, rispose De Vincenzi, dirigendosi verso la sala da pranzo, venite avanti, adesso datemi la rivoltella, che avete in quella tasca e rispondete alle mie domande.
Con che diritto si permette?
Sono un commissario di Polizia, presto la rivoltella.
Il cameriere aveva vacillato, dovette farsi forza e padroneggiarsi, per riuscire a togliersi la rivoltella dalla tasca e per porgergliela, non capisco.
Capirete disse De Vincenzi, guardando la rivoltella, una Browning, sei e mezzo, a sette colpi.
Fece scorrere la canna e si accertò che ci fosse il proiettile, annusò il foro di uscita, certamente quella rivoltella non aveva sparato di recente.
Una graziosa arma, tenuta perfettamente, datemi il porto d'armi.
Non c'è l'ho rispose il cameriere, dopo avere esitato.
Bene, e la rivoltella è vostra?
Sì, no, non è mia.
Di chi, allora?
Del signor Aurigi, del mio padrone.
E perchè la portate voi?

L'ho presa, ieri sera, contavo di rimetterla a posto stamane, lui non se ne sarebbe accorto.
Dove la tiene, di solito?
Il cameriere si girò ad indicare un piccolo mobile nell'angolo della stanza, vicino al caminetto sul quale il pendolo segnava le nove e tre quarti.
Lì, in quel mobile, nel primo cassetto.
De Vincenzi andò al mobile fece per aprire il cassetto indicatogli, ma era chiuso, si girò a Giacomo, la chiave?
Lo stupore del cameriere fu evidente.
Non so, era aperto, è sempre aperto.
Si era avvicinato al mobile e aveva aperto gli altri tiretti, per cercarne la chiave.
Non capisco, ieri sera era aperto e la chiave si trovava nella serratura.
De Vincenzi ebbe un gesto e si girò verso Cruni, prendete uno scalpello, un ferro, in casa ci sarà uno scalpello, un martello, qualcosa per aprire questo cassetto.
Sì, fece il cameriere, in cucina, nell'armadio, c'è la cassetta dei ferri. Vado a prendergliela.
De Vincenzi, lo trattenne per un braccio.
No, rimanete qui, e fece un cenno a Cruni che andò in cucina.
Il commissario, tenendo sempre Giacomo per il braccio, lo fissò negli occhi, e voi dite che ieri sera era aperto?
Certo, il signor Aurigi lascia sempre tutti i suoi cassetti aperti, lui sa che può fidarsi di me.
Infatti, disse il commissario, ironicamente.

L'altro alzò le spalle, le ho detto che l'avrei rimessa a posto, se gli avessi chiesto di prestarmela, me l'avrebbe data.
E perchè, vi occorreva la rivoltella, ieri sera?
Giacomo tacque.
Perchè? insistette il commissario.
Oh, disse con sforzo il cameriere, io non so perchè lei mi faccia tutte queste domande, mi ha trovato la rivoltella addosso?
Non ho il porto d'armi?
Allora, se crede, mi arresti, non c'è altro da dire.
Ah, credete proprio?
Cruni arrivava con uno scalpello e il commissario glielo tolse di mano con un gesto brusco.
Date qui.
Si chinò sul cassetto, e facendo leva nella connessura lo aprì, guardò nell'interno ed ebbe un gesto di meraviglia, si girò a fissare Giacomo.
Ohè dico, se vi fate gioco di me, buonuomo, ve ne potreste pentire.
Il cameriere lo guardò meravigliato, io?
Ma che dice?
Guardate disse De Vincenzi, estraendo dal cassetto un'altra rivoltella. E questa qui di chi è?
Il vostro padrone aveva una collezione di rivoltelle?
Lo stupore di Giacomo appariva profondo.
Ma no, una sola, quella lì non c'era, no, non l'ho mai vista, signore. Permettetemi di osservarla.

E tese la mano, De Vincenzi stava per dargliela, ma si trattenne.
Osservò la rivoltella, ne annusò il foro d'uscita, come aveva fatto con l'altra, ed ebbe un gesto.
Aspettate.
Depose sul tavolo la rivoltella, che aveva tolto a Giacomo, e ravvolta la seconda nel proprio fazzoletto, se la mise in tasca.
Si girò a Cruni, telefonate subito al dottore al cimitero Monumentale, che mi mandi il proiettile estratto, e poi cercate un armaiolo, che alle..., guardò il pendolo sul caminetto ed ebbe un sorriso, mentre estraeva il proprio orologio dalla tasca, sì, il pendolo andava proprio un'ora avanti, continuò, rivolto a Cruni, ...che alle undici venga qui. Appena fatto questo, andate dove sapete e fate quanto vi ho detto.
Va bene dottore, disse Cruni, avviandosi verso l'ingresso, vuole che faccia salire Paoli qui da lei?
Non importa, ditegli soltanto di non muoversi dalla portineria per nessuna ragione.
Il commissario aspettò che il brigadiere fosse uscito e poi si girò a Giacomo, e adesso a noi due.
Sedette e indicò una seggiola al cameriere.
Sedete pure, ho bisogno di sapere molte cose da voi, a che ora siete uscito, ieri sera?
Giacomo rimase in piedi.
Alle undici, il padrone mi aveva dato il permesso, lui sapeva che non sarei tornato che stamane.

De Vincenzi sobbalzò.
Ah, lo sapeva?
Certo, disse l'altro. Lui stesso mi aveva detto ieri mattina che sarei stato libero, ogni settimana il signor Aurigi mi dà una notte di permesso, di solito il venerdì sera, questa settimana ha voluto cambiare, ieri mattina mi disse, Giacomo, oggi è martedì, ma non importa, sarai libero stanotte, invece di venerdì, lo preferisco.
Seguì un silenzio, De Vincenzi si diceva che, quanto più avanzava nelle indagini, tanto più la colpevolezza di Aurigi appariva manifesta.
E voi, ogni settimana, portate via la rivoltella?
Sì, che c'è di male?
Vado in una casa alla Cagnola, a cinque minuti di strada dopo il capolinea del tram, le strade da quella parte sono brutte di notte.
E Aurigi non si era mai accorto che portavate via, per precauzione, la sua rivoltella?
No, mai, gliel'ho detto, lui della rivoltella non aveva mai occasione di servirsi.
Bene, controlleremo poi la verità di quanto dite, ma badate bene. Stanotte, in questa casa, è stato commesso un delitto.
Il cameriere diede un passo all'indietro, il terrore che si era dipinto sul suo volto doveva essere sincero, pensò De Vincenzi, oppure quell'uomo era un delinquente indurito, un attore consumato.
No, esclamò con voce rauca, il mio padrone?
Non il vostro padrone, lui è sano e salvo, ma rendetevi conto che tutto quello che dite,

compreso il vostro alibi, ha un'importanza estrema.
Non vorrà mica dire..., non cercava neppure di nascondere il proprio turbamento, doveva sentirsi soprattutto in preda a spavento.
Voglio dire proprio quel che dico, disse De Vincenzi freddamente, ma voi non dovete pensare che a dire la verità.
L'uomo si guardava attorno smarrito.
Ma chi?
Chi?
E dov'è il mio padrone?
Sedete, ordinò il commissario e questa volta automaticamente, l'uomo sedette, ieri, siete rimasto in casa tutto il giorno.
Sì.
Raccontatemi quello che è avvenuto qui dentro, nel pomeriggio di ieri.
Ma, non so rispose Giacomo, stringendosi nelle spalle, nulla di anormale, credo.
Aurigi è uscito alle tre?
Sì, alle tre o forse più tardi, no, credo che siano state proprio le tre.
E mentre lui era fuori, è venuta....
Lo sa? esclamò con meraviglia Giacomo.
E subito aggiunse, sì, è venuta la signorina, le ho detto che il padrone era fuori e l'ho fatta entrare qui, in questa sala, nulla di strano del resto, quando il signor Aurigi non c'era, la signorina entrava sempre qui o di là, nel salottino, e lo aspettava.
Veniva ogni giorno, la signorina?

Ma no, fece l'altro con meraviglia, perchè ogni giorno?
De Vincenzi lo scrutò, chi dei due mentiva?
Lui o la portinaia?
La donna aveva detto che la signorina veniva tutti i giorni.
Badate, cercate di essere assolutamente preciso, a me risulta che veniva ogni giorno.
Il cameriere si strinse nelle spalle, se risulta a lei.
Il commissario capì che aveva a che fare con un soggetto particolarmente ombroso e suscettibile, occorreva prenderlo per il suo verso.
Bene, vediamo di trovare la verità, se non ogni giorno, quando?
Oh, raramente. Una volta alla settimana per esempio, o più di rado o più di frequente, secondo i periodi, e poi erano visite sempre molto brevi le sue, si tratteneva col signore in questo salotto o di là nella sala da pranzo, parlavano, ma la signorina aveva sempre una gran fretta, il signore non se ne mostrava soddisfatto, naturalmente.
Era evidente che quell'uomo, su questo punto almeno, non mentiva. Oh, perchè lo avrebbe fatto, del resto?
Ma, in tal caso, come accordare le affermazioni della portinaia con quella del cameriere?
Anche la portinaia non era possibile mentisse, troppo spaventata in quel momento, per farlo, e poi in ogni caso, se anche avesse voluto farlo e per il proprio interesse, avrebbe mentito,

negando quel fatto, come aveva tentato al principio, e non ammettendolo, lei evidentemente riceveva denaro da Aurigi o dalla stessa signorina Marchionni e una tal cosa non si confessa mai volentieri.
Ma allora?
Poteva ammettere, De Vincenzi, che la contessina entrasse nel portone di Aurigi, senza andare dal suo fidanzato?
L'ipotesi era arbitraria, ma tutta la realtà della vita non è forse arbitraria?
Questo era un problema, che il commissario si riservò di esaminare e di risolvere in seguito.
Per il momento, l'essenziale era di ottenere che quell'uomo che gli stava davanti, parlasse.
E poi? Continuate.
Dopo una mezz'ora o forse più, sentii suonare di nuovo, era il mio padrone con un signore.
S'interruppe, un lampo gli passò sul volto, si alzò in preda ad un profondo turbamento.
Ma no, non è possibile.
De Vincenzi si alzò anche lui e fissò Giacomo negli occhi.
Che cosa non è possibile?
Ma trattenne l'altro, con un gesto.
No, non rispondete, non mi interessa quel che a voi sembra possibile o impossibile, ditemi i fatti, quel signore chi era?
Il cameriere aveva ritrovato un po' della sua freddezza.
Il padre della signorina, il conte Marchionni, io mi dissi subito vedendolo, che era necessario

avvertire il padrone, lui non avrebbe forse desiderato che il padre incontrasse qui la propria figlia, pensai. E cercai di fargli segno che non entrasse qui dentro, ma lui non mi capì.
E sono entrati, e hanno trovato la signorina?
No, no, la signorina dovette sentire le voci, non so, il fatto è che si era nascosta di là, nella camera da pranzo.
De Vincenzi sussultò, gli sembrava di cominciare a capire.
Ah, e poi?
Il padrone col conte rimasero in questa camera molto tempo, qualche ora, discutevano.
De Vincenzi lo interruppe con un gesto, fissava l'uscio del salottino, vi si diresse e guardò dentro, ma non vide nè Marchionni, nè Harrington.
Dovevano trovarsi nella camera da letto o nel bagno, ebbe un movimento di soddisfazione e chiuse accuratamente l'uscio del salottino, poi tornò verso il cameriere e gli disse sommessamente, discutevano dunque, a voce alta?
Sì, ogni tanto si sentiva qualche scoppio di voce e poi le voci tacevano, per riprendere a parlare pacatamente.
E la signorina?
Rimase di là una mezz'ora, poi improvvisamente la vidi uscire dalla porta che dà in cucina, era bianca come un panno lavato, mi disse, Giacomo, direte al vostro padrone che sono

venuta e che non ho potuto attendere, lo vedrò stasera a teatro, l'accompagnai all'uscio delle scale, facendo attenzione a che questa porta fosse chiusa e che coloro che stavano in sala da pranzo non potessero vederla, così la signorina andò via, questo è tutto.
E il padre non la vide?
No, non credo.
E quando il vostro padrone e il conte parlavano, voi naturalmente....
Dal salottino vennero le voci del conte e di Harrington.
De Vincenzi si avvicinò rapido al cameriere e lo spinse verso l'ingresso.
Basta, continueremo dopo.
La porta del salottino si apriva e il conte apparve con Harrington. Marchionni si diresse immediatamente verso De Vincenzi, aveva l'aria ancor più ironica e gli chiese con voce sibilante, è stato fatto ogni rilievo in quelle camere, non è vero, dottore?
Si accorse allora di Giacomo, e indicandolo disse, questo è il cameriere di, del.
Sì, signor conte, interruppe De Vincenzi, questo è il cameriere di Aurigi, che lei deve conoscere, naturalmente, perchè anche nel pomeriggio di ieri ebbe occasione di vederlo.
Il conte sobbalzò, ma vinse rapidamente il leggero turbamento, che lo aveva invaso.
Può darsi, non credo sia cosa importante, questa. Mi sembra molto più importante, invece, quel che ha da dirle Harrington.

Ah, Harrington ha potuto perfezionare la sua teoria?

Sempre più fatuo e trionfante, il detective rispose, appena alcuni punti cavaliere, e per raggiungere tale risultato non mi è stato necessario che di osservare, loro avevano toccato tutto, ma si sa, qualcosa può sfuggire. Per esempio, in terra, lì in quel salottino, sotto una poltrona, ho trovato questo.

De Vincenzi prese il talloncino e l'osservò, poi sollevato il capo, mandò un piccolo sibilo e guardò Harrington, poveretto, pensava tra sè, almeno questa soddisfazione diamogliela.

E a voce alta disse, la metà di un biglietto di poltrona alla Scala.

Numero 34 H, a destra. La data di ieri, commentò trionfalmente il detective.

Una vivissima gioia gli si era dipinta sul volto, piccino e grinzoso, che risplendeva in modo tale da offuscare per un momento perfino i raggi del grosso brillante della cravatta.

Il conte intervenne, con voce gelida, la poltrona di Aurigi.

So benissimo che lei non sbaglia, disse De Vincenzi, girandosi verso Marchionni con un sorriso, affermando che era la poltrona di Aurigi.

Non sbaglio, infatti durante il primo atto, prima di venire nel nostro palco, Aurigi era in poltrona e ricordo benissimo la fila.

Certo, certo, fece De Vincenzi, allora, diremo che questa è una prova, la prova che Aurigi è venuto qui dentro, dopo essere stato a teatro.
Qui, in casa sua, e in quel salottino, sottolineò Harrington.
Già, disse De Vincenzi, pensieroso.
Dopo un silenzio, si girò verso il detective, e allora Harrington, esponetemi la vostra teoria.
Oh, non credo di rivelarle una grande novità, dicendole che, si era messo in posa di oratore, stava per prenderseli la rivincita, ma il telefono squillò nell'anticamera.
Permettete, disse De Vincenzi e si diresse rapidamente verso il fondo.
Alzò il ricevitore e poco dopo lo si sentiva parlare.
Pronto. Sì, sono io commendatore. Oh, per ora nulla, sarò da lei a mezzogiorno e le riferirò. No, non così semplicemente, certo. Non farò dichiarazioni di nessuna sorta alla stampa. Ah, le hanno già portato i risultati della perizia?
Sì.
Grazie, come dice?
Sul libro mastro?
Sotto la data di ieri, curioso. Dico che è curioso e terribile, le spiegherò poi, commendatore. Arrivederla.
Riappese il ricevitore e rimase qualche istante a contemplare il vuoto. Dunque?
Certo quanto gli aveva detto il Questore lo aveva profondamente turbato e dovette fermarsi qualche minuto nell'anticamera, perchè non

voleva mostrare il proprio turbamento a quegli altri due.
Finalmente, tornò nella sala da pranzo.
Già, dicevamo, parlava in fretta. Eravate voi, anzi, Harrington, che stavate per espormi la vostra teoria, dunque?
Harrington si rimise in posa.
Dicevo che gli indizi e le prove, la deduzione e il buon senso, tutto il quadro del delitto, il calcolo delle ore, le causali, la psicologia delle persone coinvolte, tutto sta a dimostrare che l'assassino è uno solo e non può essere che Aurigi.
De Vincenzi si era messo a sedere e guardava Harrington, ascoltandolo con ostentato interesse.
Già, disse interrompendolo, dunque Aurigi avrebbe dato appuntamento in casa sua a Garlini, sarebbe venuto qui dal teatro, avrebbe incontrato il banchiere, e lo avrebbe ucciso, è così?
Harrington non si accorse dell'ironia, che era nelle parole del commissario, ed esclamò con forza, perbacco.
E la causale del delitto quale sarebbe, secondo voi? chiese il commissario con voce pacata.
L'altro alzò le spalle con commiserazione.
Il denaro, Aurigi avrebbe dovuto dare al banchiere Garlini, fra due giorni, osservi bene, fra due giorni, qualche centinaio di mille lire, che non aveva.
Credete? chiese la voce ironica del commissario De Vincenzi.

Ma questo lo so io, intervenne il conte. Non lo credo, lo so.

De Vincenzi si alzò e disse con perfetta cortesia, mi permetta di dirle, signor conte, che lei è in errore, come noi tutti eravamo in errore, chi mi telefonava, due minuti fa, era il Questore. Ebbene, il Questore mi ha comunicato che la scoperta più importante fatta dai periti era stata effettuata sui libri della Banca Garlini.

Guardò in faccia i due uomini e fece studiatamente una lunga pausa.

Aurigi, continuò, poi scandendo le parole, doveva a Garlini esattamente cinquecento e quarantatremila lire.

Vede, gridò il conte, con accento di trionfo.

Vedo, riprese con pacatezza il commissario, ma dai libri di Garlini risulta che, in data di ieri, questo denaro è stato versato.

No.

È impossibile.

Il conte ed Harrington avevano esclamato nello stesso tempo, il loro stupore appariva così grande, che doveva essere sincero.

Lentamente, De Vincenzi estrasse dalla tasca un foglio piegato, lo aprì e si mise a fissarlo.

Gli altri due lo guardavano, sempre in preda a profonda meraviglia.

Dopo una lunga pausa, De Vincenzi disse, e tanto possibile, signor conte, che io, cercando negli abiti che indossava Garlini, ho trovato questa ricevuta, che le leggo.

E, pronunciando le parole lentamente, lesse: Ricevo lire cinquecentoquarantatremila dal signor Giannetto Aurigi a completo saldo del suo dare a copertura della differenza passiva delle azioni da lui possedute e vendute a riporto a fine dicembre corrente.
Tese la ricevuta al conte.
Vede? Bolli e firma, tutto regolare.
Il conte, adesso, era sconvolto.
E lei dice, disse balbettando, che quella ricevuta....
Precisamente, questa ricevuta si trovava nella tasca del frak di Garlini.
Prese tempo e poi aggiunse, indicando la parte destra del proprio petto, in questa tasca del petto.
In quella tasca, no. Non c'era, esclamò il conte, con uno scatto istintivo.
De Vincenzi disse subito, infatti, in quella tasca no, era in un'altra. Ma lei, conte Marchionni, come fa a saperlo che non c'era?
Il conte si era fatto livido.
Harrington, colpito, aveva fatto un passo indietro, quasi per allontanarsi dal suo cliente.
Nella stanza pesò un silenzio ansioso.

Sono stata io ad ucciderlo!

I quattro uomini nella stanza rimanevano immobili.
De Vincenzi, con le mani in tasca, pacato e sereno, osservava il conte, senza dare al suo sguardo alcuna evidente forza di penetrazione. In lui c'era il desiderio di togliere alla esclamazione del conte ogni importanza. Voleva proprio scarnire l'incidente, renderlo lineare, togliere ogni enfasi a quel grido lanciato inconsapevolmente e che scopriva il lato profondamente vulnerabile e vulnerato di uno degli attori del dramma.
E Marchionni, quasi avesse compreso l'intenzione del commissario, si era istantaneamente calmato. Non la più piccola commozione. Soltanto l'immobilità, neppure mossa da un respiro più frequente, si sarebbe detto che anche lui attendesse, come De Vincenzi, che i fatti si spiegassero da soli.
Il più impressionato di tutti era Harrington a cui il fulgore del brillante toglieva luce agli occhi, che si erano spenti, tutta la sua furbizia gli si era come liquefatta sul volto, che appariva slavato. Si era allontanato da Marchionni e si sarebbe detto che, con quel gesto, avesse voluto estraniarsi dalla vicenda, quasi avesse compreso che essa lo sorpassava, tanto più grande di lui, da togliergli ogni velleità di approfondirla.

Giunto per ultimo, e fino adesso figura di contorno, Giacomo Macchi, il cameriere, anch'lui un po' in disparte, per abitudine delle sue funzioni, fissava in terra, evidentemente più imbarazzato che sorpreso o colpito da tutti quegli avvenimenti che, iniziati con un fatto mortale, si presentavano adesso carichi di pericolo, come una bomba di dinamite.

De Vincenzi ricapitolava in se stesso i fatti, cercando di fare il punto con la rapidità del navigatore, che teme tempesta. Non c'era tempo per lui di disporre il sestante e di calcolare preciso, occorreva lavorare soprattutto d'intuizione, per intuizione, aveva tratto quasi inconsciamente, il conte Marchionni nel tranello, e quando aveva a deliberatamente mentito, affermando che la ricevuta si trovava nella tasca del petto del cadavere, non sapeva neppure lui perchè si stesse valendo di quella menzogna. Poi essa aveva dato frutti insperati. Insperati, ma di quale valore?

Era ammissibile che ad uccidere Garlini fosse stato il conte?

Sì, poteva anche essere ammissibile, ma occorreva allora trovare tutti gli altri elementi, che mancavano.

Pensava, e allo stesso tempo voleva interdirsi di pensare, avrebbe voluto realmente agire come un rabdomante, per forza inconscia. Cercava un assassino e doveva trovarlo con la bacchetta sensibile.

Il silenzio continuava su quei quattro uomini immobili, neppur ansioso, adesso, ma quasi catalettico. Un silenzio stagnante.
Come rompere quell'atmosfera?
Come uscire di nuovo a respirare l'aria libera?
Come muoversi?
E naturalmente fu sempre il caso che operò, come un sasso lanciato in uno stagno.
Di nuovo il campanello della porta suonò nervoso, e tutti sobbalzarono, senza accorgersene, avevano mandato un sospiro di sollievo.
Ma fu breve.
Un'altra angoscia li afferrò, tutti e quattro, quale manifestazione dell'imprevisto, sotto quale specie, sarebbe entrata adesso da quella porta, che l'agente di guardia nella sala d'ingresso andava ad aprire?
La persona che entrò, era una donna, passò diritta davanti all'agente ed entrò nella sala da pranzo, per nulla stupita di trovare quegli uomini, che con gli occhi attoniti la fissavano.
Era bellissima e giovanissima, molto elegante, teneva nelle mani inguantate una borsetta d'oro e con le mani si chiudeva sul petto la pelliccia.
De Vincenzi la fissava, con gli occhi sbarrati e il respiro oppresso.
La donna della fotografia, la donna del giovane biondo.
Eppure era lei, lui non poteva dubitarne, la fidanzata di Giannetto Aurigi.

Il dramma balzava rapido, fosforescente, inatteso.

Ecco l'anello di congiunzione.

L'ultimo piano della casa, quella soffitta linda e quasi preziosa, andava ad unirsi al secondo piano, all'appartamento da scapolo di Aurigi, in cui era stato trovato un cadavere.

Quel nuovo legame sorgeva ad affermare una complessità di fatti misteriosi e nascosti, che balenarono improvvisamente allo spirito di De Vincenzi, sconvolgendolo.

Lui si sentiva profondamente turbato, una sottile angoscia l'invadeva. Quell'uomo, chiuso nella stanza accanto, guardato a vista, che lui aveva dovuto dichiarare in arresto, era dunque, non soltanto innocente, ma anche colpito da una disgrazia più grande, che ancora ignorava e che stava per dargli un nuovo profondo cattivo dolore? Oppure lui sapeva, e tutto il dramma s'imperniava su quella sua conoscenza?

Non era possibile.

Giannetto non conosceva neppure di nome Remigio Altieri.

E poi come pensare che un dramma chiuso fra tre persone – il fatale triangolo, il cerchio magico del tradimento amoroso – si ripercuotesse sopra una quarta, che non aveva verosimilmente rapporti se non con una di quelle tre e ad ogni modo rapporti soltanto finanziari?

De Vincenzi dovette fare uno sforzo rabbioso su se stesso, per non dimostrare tutta la sua smarrita sorpresa.

Il primo che parlò fu Marchionni, il vecchio, vedendo entrare sua figlia, aveva sussultato e il volto gli si era fatto livido.
Perchè sei venuta qui, Maria Giovanna? chiese con voce rauca, in cui vibrava, più che l'indignazione, un'angoscia sorda.
La figlia guardò il padre con semplicità, quasi meravigliata di quella domanda, perchè te ne stupisci, papà?
Sono la fidanzata di Giannetto Aurigi.
Gli occhi del conte sfavillarono.
Tu non sei più la fidanzata di Aurigi e questo non è il tuo posto, vai via.
Ti sbagli papà, e la voce di lei era sempre così armoniosamente netta, da far quasi credere che lei ignorasse quel che invece sapeva, anche se Giannetto avesse ucciso, io non lo abbandonerei. Ma lui non ha ucciso, e io lo so.
Taci, sei pazza Maria Giovanna.
Il grido questa volta, aveva raggiunto il massimo della violenza, era visibile che Marchionni si tratteneva a stento dal correre contro sua figlia e dal chiuderle proprio materialmente la bocca con le mani.
Si girò a De Vincenzi e parlò quasi supplichevole, con un'angoscia piena di strazio, non l'ascolti lei, non ascoltatela, non sa quel che si dice.
De Vincenzi osservava.
Lentamente, sempre con la stessa semplicità nuda e scarna, Maria Giovanna scandì, no, non è stato Aurigi ad uccidere Garlini, sono stata io.

Il dramma, dopo queste parole, balzò tutto e soltanto tra questi due esseri, padre e figlia. Anche De Vincenzi, come quegli altri due che non contavano, era scomparso, non esistevano che il vecchio gentiluomo tremante, fremente di collera e d'orrore, e la giovane bellissima, soltanto un po' pallida, con le labbra troppo accese, come un ferita aperta in quel pallore.
Pazza, pazza, perchè menti per salvarlo?
Strinse convulsamente le mani, e sempre rivolto a De Vincenzi, supplicò, non le creda, non ha senso comune tutto questo, mia figlia non si trovava qui ieri notte, mente per salvarlo.
E la giovane fece un passo avanti ed ebbe un gesto energico.
Affermava una verità, che sapeva inoppugnabile.
C'ero, e tu papà, perchè menti per perderlo?
Gli altri sobbalzarono.
Adesso il ferro entrava realmente nella ferita, vi girava e la scarnificava.
Il conte, quasi fosse stato colpito da una mazzata sulla testa, si era schiantato di colpo sul divano, con il capo fra le mani, respirava a fatica.
Tacevano tutti.
Fu in quell'istante che l'orologio a pendolo dal caminetto, prese la parola, e battè le ore una dopo l'altra lentamente.
De Vincenzi a quel suono sussultò.

Fissava l'orologio con occhi accesi, come davanti ad una rivelazione. Muoveva le labbra silenziosamente, per contare i colpi.
Quasi suggestionati da lui, gli altri seguivano quei suoni e contavano. Anche il conte aveva la testa alzata.
L'orologio battè undici colpi.
Poi tacque.
De Vincenzi, con un gesto conclusivo, come se facesse la somma e mettesse il punto ad una frase, estrasse l'orologio e lo guardò.
Sono le dieci, disse.
Allora, anche il conte si alzò e tutti gli altri ebbero un sobbalzo. Giacomo fece un passo verso l'uscio, poi si trattenne e tornò dov'era.
L'unico a non rendersi conto di quel che stava accadendo fu Harrington.
Il commissario apparve di colpo come liberato da un peso, che gli avesse impedito fino allora i movimenti, si mosse con disinvoltura nuova, in lui adesso tutto era semplice, spontaneo, naturale.
Signori miei, disse pacatamente, io credo che ognuno di voi, per ragioni diverse, abbia bisogno di un po' di riposo, non si può richiedere ai propri nervi uno sforzo maggiore di quello che possono fare, o altrimenti si rischia di tenderli fino allo strappo.
Girò lo sguardo sul volto di ognuno e continuò, l'atmosfera di questa camera è riscaldata, forse fin troppo, cattiva temperatura per avere il cervello a posto e le idee chiare. Io stesso temo

che le vibrazioni precipitate dei vostri polsi influiscano sul mio giudizio. Comprenderete quindi, perchè io vi preghi di lasciarmi solo, con le mie idee, è necessario che le ordini e le domini, vero?
Nessuno parlò, subito quasi avesse temuto che qualcuno potesse pentirsi di quel silenzio, il commissario aggiunse in fretta, grazie. Vedo che mi avete compreso, allora si guardò attorno e si diresse per primo verso il conte.
Conte Marchionni, la prego, favorisca in questa camera.
E lo portò verso l'uscio del salottino.
Marchionni aveva ritrovato la freddezza, e anche la sua alterigia.
A quale conclusione vuol giungere, lei?
Spero che, per quanto surriscaldato, il suo cervello le abbia servito a non dare un valore eccessivo alle parole dissennate di mia figlia.
Infatti rispose De Vincenzi, sempre spingendolo dolcemente verso il salottino, ma non dubiti, io mi sono imposto, soprattutto di non dare valore alle parole, penso, più che mai adesso, che in ogni rapporto coi nostri simili, in mancanza di prove indiscutibili, e prove indiscutibili non esistono mai o quasi mai, si debba cercare di scoprire da soli soltanto il valore degli individui, la prego, si accomodi e aspetti lì dentro.
Il conte, raggiunto l'uscio si girò, vuol dire, che lei mi trattiene?
Ma no, vuol dire che la prego di trattenersi qui, per poco tempo ancora.

Non teme le conseguenze di un arbitrio?
Arbitrio? fece De Vincenzi con voce realmente stupita, parola elastica.
Crede?
E l'ironia di quella domanda suonò come una staffilata, ma De Vincenzi non la ricevette e Marchionni alzò le spalle, concludendo, del resto, faccia lei.
E scomparve nel salottino.
Il commissario chiuse la porta e poi si girò verso gli altri, il più vicino a lui era Harrington ed lui gli indicò l'uscio d'ingresso, Harrington credo che voi non abbiate più nulla da fare qui, a più tardi.
L'altro vinse l'imbarazzo per dire, non intendo occuparmi più di questa faccenda commissario, qualcun'altro penserà a far sapere al Questore che sono stato messo nell'impossibilità di valermi dell'autorizzazione avuta.
De Vincenzi lo interruppe quasi con violenza, ah no, Harrington. Adesso, di questa faccenda mi occupo io e anche voi c'entrerete, se lo vorrò, in ogni modo, vi prego di venire da me, nel mio ufficio alle tre di oggi, arrivederci.
E lui stesso lo accompagnò fino all'uscio, aspettò che fosse uscito e avesse cominciato a scendere le scale e poi si girò all'agente, che attendeva sempre nella sala d'ingresso, seguilo, non serve a nulla, ma voglio dargli una lezione.
L'agente seguì il detective e De Vincenzi chiuse l'uscio.

Tornava in sala da pranzo, quando vide Giacomo dirigersi verso la propria camera, gli sbarrò il passo.
E voi dove andate?
Credevo che non avesse bisogno neppure di me.
Infatti per ora non mi servite, ma ha bisogno di voi, la casa e tra poco ne avrò bisogno anch'io, andate di là e non preoccupatevi di altro che del vostro servizio, fate come se nulla fosse accaduto.
Il cameriere scosse la testa, credo che non sarà facile.
Con voce di nuovo gelida, il commissario gli intimò, vi sarà facile, ad ogni modo, non venire di qua, se non vi chiamo.
E, rientrato nel salotto, chiuse la porta con cura, attardandosi nei movimenti, quasi avesse voluto dar tempo al suo spirito di calmarsi interamente. Quando si girò verso Maria Giovanna era corretto e cortese, e sorrideva.
La giovane, per nulla turbata o intimidita da quello che si annunciava come un vero interrogatorio, fu la prima a formulare una domanda, dov'è Aurigi?
Non lontano, vuole parlargli?
Gliene sarei grata, disse Maria Giovanna, con voce divenuta improvvisamente malsicura.
Prima a lui o prima a me? scandì De Vincenzi, fissandola.
Lei, lei deve aver sentito quanto ho detto.
Certo, ho sentito, ma sentire non significa comprendere e soprattutto non vuol dire

credere, la giovane supplicò, bisogna credermi, ho detto la verità.
Una triste verità signorina, che se fosse realmente tale, non salverebbe nulla e nessuno.
Purtroppo, ormai non c'è più nulla da salvare.
C'era tanta disperazione in quelle parole, che perfino De Vincenzi ne rimase turbato.
Comunque, disse con forza, anche per reagire a se stesso, io devo comprendere.
E subito aggiunse, con voce piena di affettuosa cordialità, e in quanto alla rovina, essa non è mai così definitiva come la si ritiene in un istante di smarrimento.
Un lungo fremito percosse visibilmente la giovane, tacque per contenere l'impeto della disperazione, che traboccava, ma non ci riuscì, e dovette coprirsi il volto con le mani.
Quel che è accaduto in un giorno è terribile, abbia pietà di me.
E come potrei non averne, signorina?
La portò verso una poltrona e la fece sedere, lei si muoveva come un automa, quando De Vincenzi la vide quasi rassegnata, le insinuò dolcemente, perchè ha voluto accusarsi di avere ucciso Garlini, signorina Marchionni?
La giovine trovò un ultimo scatto di resistenza, perchè l'ho ucciso, gridò.
E perchè lo avrebbe ucciso proprio lei?
Non le basta che le dica di averlo fatto?
Ma il commissario la fissava così intensamente, che lei disse senza accorgersene, ci sono cose che non si confessano.

Sì, qualche volta è più facile confessare un delitto, che non si è commesso.

Ma Giovanna lo guardò, poi girò altrove lo sguardo ed ebbe un gesto. Sembrava tranquilla, si mise le mani sulle ginocchia, alzò il volto e disse lentamente, lei ha torto a non volermi credere, io ho realmente ucciso Garlini.

De Vincenzi prese una sedia e sedette di fronte a lei.

Vogliamo dire che lei beneficerebbe di tutte le attenuanti, se lo avesse ucciso?

La giovane sussultò, fu con terrore che fissava adesso il commissario e gli gridò, quasi per allontanare da sè una minaccia, perchè dice questo?

Che cosa sa lei?

La scongiuro, mi dica quello che sa.

Si calmi, quel che posso sapere io non muta il fatto avvenuto, nè il corso degli eventi.

Due lacrime erano apparse agli occhi di Maria Giovanna.

Oh, mi creda, mi creda e non cerchi di sapere altro.

Lei ha ucciso un uomo, materialmente, con un colpo di rivoltella in una tempia.

Aveva detto queste parole lentamente, scandendole, battendole in ogni sillaba, fece una pausa, si alzò poi di scatto e andò verso il caminetto. Tese la mano, per indicare il pendolo, e dopo aver fatto tutto questo, lei contessina Marchionni, ha girato le sfere di quel pendolo, perchè segnassero un'ora di più?

Con profondo stupore, Maria Giovanna chiese, che pendolo?
Che cosa dice?
Io non ho toccato quel pendolo.
Il grido del commissario fu di trionfo.
Ecco, lei non ha toccato questo pendolo, io ne sono assolutamente convinto, ed è per questo che lei non ha ucciso Garlini.
Ma che dice?
Che c'entra il pendolo? ripetè Maria Giovanna.
Il commissario aveva riacquistato la sua tranquilla indifferenza.
Non cerchi di capire, e creda a me, è troppo difficile farsi condannare per un delitto, che non si è commesso, più difficile certo che non salvarsi, dopo aver commesso un delitto.
Non mutò tono di voce, per chiedere all'improvviso, dov'è stata questa notte, contessina Marchionni, dalle undici e mezzo all'una?
Adesso, il grido di vittoria lo ebbe Maria Giovanna.
In questa casa.
Lo so, disse con la stessa pacatezza De Vincenzi, e estrasse dal taschino del panciotto il piccolo lapis rosso per le labbra, che Maccari aveva raccolto sotto il divano, lo fissò un istante e lo porse alla giovane.
Ecco, se permette, questo le appartiene.
La contessina prese quel piccolo oggetto d'oro, che luccicava, e chiese, dove l'ha trovato?

Per terra, qui, in questa stanza. Quello è un innocuo rossetto di rosso per le labbra, cinabro artificiale, ravviva il volto, è una convenzione e una concessione. È un segno di vita, certamente, e lei, signorina, lo ha perso qui, lo ha lasciato cadere in questa casa.
Dopo un breve silenzio, continuò, ma non è la sola cosa che questa notte lei abbia smarrito in questa casa, contessina.
Dolorosamente, come tra sè, Maria Giovanna sospirò, è vero, anche la ragione vi ho smarrita.
De Vincenzi le si avvicinò e le mormorò a voce bassissima, come un soffio, anche una fiala di veleno, che può togliere la ragione e la vita.
Se fu possibile, il pallore di Maria Giovanna aumentò e lei ebbe quasi una vertigine.
Come fa a sapere questo?
Sapere?
Ma io non sapevo che la fiala le appartenesse, lei, però non credeva d'averla persa.
Torcendosi le mani con spasimo, la giovane si lamentò, oh, ma è una tortura la sua.
Non vuole dirmi quel che è realmente avvenuto qui dentro, questa notte?
Si mise a passeggiare per la camera, parlava sempre.
O prima o poi, arriverò a conoscere tutta la verità, ormai il nostro è un dramma chiuso, chiuso tra le pareti di questo appartamento. Poche persone e sono tutte qui dentro, vuole che gliele nomini?

Con terrore, Maria Giovanna gridò, non posso, non posso più.
E cadde di nuovo a sedere.

Un grande amore

Il commissario attese lungamente prima che Maria Giovanna si calmasse.
La guardava singhiozzare, con il volto fra le mani, la giovane sussultava a balzi regolari, era un dolore cattivo il suo, c'era da giurare che i suoi occhi non avevano lacrime, dovevano essere secchi e aridi. Non uno di quei grossi pianti infantili, che liberano e purificano, ma la crisi dello spavento e dell'angoscia, la ribellione a qualcosa di più forte e di crudele, la rivolta contro l'ineluttabile.
Sotto la tesa del cappellino di feltro nero, si vedeva la gran massa dei suoi capelli biondi, raccolta e molle sulla nuca chiara, ombrata d'oro.
De Vincenzi attendeva.
A poco a poco, i singhiozzi cessarono, le spalle non sussultarono più e la giovane, lentamente, sollevò e scoprì il volto.
I grandi occhi profondi erano supplici, guardò con umiltà l'uomo, che si teneva diritto davanti a lei.
Perchè non vuol credermi?
Mi creda e faccia cessare questo interrogatorio, che mi strazia, accetti la mia confessione.
Il commissario le parlò quasi con dolcezza, vogliamo tentare assieme di trovare la verità, quella verità, che lei stessa ignora?

Soltanto, quando avremo potuto guardarla bene in volto, la verità, potremo tentare il salvataggio di quanto ancora non è andato a fondo.
Maria Giovanna continuò a fissarlo, senza parlare.
Sì, che lei lo vuole, signorina Marchionni, per amor di se stessa, di suo padre, per amore di....
Stava per nominare Giannetto, ma si fermò, gli era apparso il volto pallido dai lineamenti così regolari, esili, trasparenti, come cristallo, di quell'altro lassù, nella soffitta dai mobili troppo preziosi.
Perchè non giocare subito quella carta?
Il tempo incalzava, quella non era un'inchiesta delle solite, da condursi con placidità burocratica, ogni minuto aveva peso e valore.
Guardò alla porta del salottino, dietro cui doveva tenersi il conte ed esitò, forse, il vecchio ascoltava.
Alzò le spalle.
Sapeva pure che – una volta finito tutto, una volta scoperta la verità – il terreno attorno sarebbe stato seminato di rovine.
Per amore di Remigio Altieri, scandì lentamente, abbassando la voce.
E la giovane balzò in piedi con il volto improvvisamente acceso, gli occhi fiammeggianti, le labbra frementi di sdegno.
Come si permette, lei?
Perchè proferisce quel nome?
De Vincenzi fece un gesto per placarla.

La preferiva così, del resto, pronta alla lotta, nella pienezza delle sue forze.
Perchè lo ha nominato?
Chi le dà il diritto di frugare nella mia vita?
Come ha saputo?
Lei dimentica che Remigio Altieri abita in questa stessa casa.
Un lampo gli si era fatto nello spirito, la signorina, come la chiamavano la portinaia e il cameriere, andava quasi ogni giorno in via Monforte, passava davanti alla portineria, ma non sempre andava da Aurigi, e non vuol ricordare che andava quasi ogni giorno a visitarlo, lassù, all'ultimo piano.
Fu come un crollo, che si produsse in lei, il sangue, che le era affluito alle gote, le tornò impetuoso al cuore, lasciandola con il volto esangue, bianco di marmo.
Come ha saputo? disse.
Non importa come io abbia saputo, l'importante è che ancora non abbia saputo nulla Aurigi.
E indicò la porta chiusa della sala da pranzo.
Maria Giovanna seguì lo sguardo.
È lì dentro? chiese con un filo di voce.
Lì dentro, in stato d'arresto pronunciò fermamente il commissario, e forse lui preferirebbe....
Glielo dirò io stessa affermò Giovanna, irrigidendosi, glielo avrei detto da molto tempo se....
Ma si fermò.
Ebbene, tutto questo non c'entra.

Aveva ritrovato ancora una volta la sua energia, De Vincenzi capì che avrebbe lottato con le unghie e i denti, come una tigre, adesso che il suo segreto era stato scoperto.
Occorreva giocare stretto, se non voleva perdere il vantaggio.
Ma era proprio un vantaggio, il suo?
O non piuttosto lui brancolava ancora, senza aver scoperto nulla di essenziale e di concreto, correndo di volta in volta dietro luci effimere, che apparivano nella tenebra, per subito allontanarsi e scomparire, semoventi e fantomatiche come fuochi fatui?
Lasci da parte per sempre Remigio Altieri.
Non mi è possibile, signorina Marchionni. Fin quando non abbia saputo chi ha ucciso il banchiere Garlini, mi è impossibile lasciare in disparte nulla e nessuno, il signor Altieri dovrà rispondere di se stesso, come tutti gli altri.
Ah no.
Il grido risuonò soffocato, ma terribile, c'era in esso tanta passione contenuta che il commissario rabbrividì fino alla nuca, ebbe proprio la sensazione fisica di una vibrazione intensa ed elettrica.
Come lo amava.
Ma perchè, allora?
Perchè, era venuta ad accusarsi di avere ucciso, tentando in quel modo di salvare Giannetto?
E proprio lei era stata quella notte nella casa, e vi aveva smarriti una fiala di veleno e un bastoncino di cinabro.

Eppure non aveva ucciso, non poteva avere ucciso.
Perchè non sarebbe stata lei? si chiese ancora una volta il commissario e lanciò una rapidissima occhiata a quel pendolo, che era la chiave del mistero.
Maria Giovanna rimaneva diritta, fierissima, sfavillante, davanti al commissario e lo fissava.
Ah no, ripetè, lei non coinvolgerà Remigio Altieri in tutto questo, lui non c'entra, lui non ha altra colpa che di amarmi, come io lo amo. Perchè io lo amo, avrei spezzata la vita sua e la mia, per una ragione più forte e terribile del nostro stesso amore, del nostro stesso spirito di conservazione, ma lo amo, capisce?
Non amo che lui, e forse ormai, gliel'ho spezzata, la vita, ma coinvolgerlo in tutto questo, no, lei non capisce, che tutto il dramma che viviamo è ignobile!?
E lui è puro, lui è superiore ad ogni sospetto.
Aveva parlato in fretta, ma sempre a voce bassa, si fermò, aspettava.
Ebbene, tutto questo può darsi, disse De Vincenzi, ma io devo sapere.
E si diresse verso la porta.
Dove va?
La giovane lo aveva seguito, era pronta a lanciarsi.
L'altro non si girò.
Dove va? ripetè e lo afferrò per un braccio.
Da lui.

E, liberatosi dalla stretta, continuava a camminare, apriva l'uscio.
Si fermi, che vuol sapere da lui?
Le dirò tutto io, quel che c'è da dire, quel che so, ma non lo interroghi, non gli faccia conoscere questa cosa orribile, che vuole che possa dire lui.
De Vincenzi si fermò.
Perchè è venuto ad abitare in questa casa?
Maria Giovanna lo scrutò, quasi volesse leggergli negli occhi fino a che punto conosceva la verità.
Ma non c'è venuto, ci stava, credo che abbia sempre abitato qui.
No, sono due anni appena.
Ah.
Perchè continua a mentire?
Ebbene, è vero, è venuto ad abitare qui quando io mi fidanzai con Giannetto Aurigi.
E lei perchè si è fidanzata con Aurigi, se non lo amava, se amava un altro?
La giovane esitò, tacque, sembrava confusa. Ma nulla in lei rivelava la vergogna e il pudore offeso, piuttosto una nuova angoscia.
Perchè ha voluto far questo? insistette De Vincenzi, che adesso le si ergeva davanti come un accusatore, e rimaneva con la mano sulla maniglia della porta, pronto ad aprirla.
Non posso dirglielo, ancora non posso dirglielo, esisteva una ragione ed era ferrea, attanagliante, terribile come un castigo divino,

ma non posso rivelarla, e mi lasci sperare di non dover rivelarla mai.

Il commissario tacque, l'osservava, sembrava sincera, e del resto, tutto in lei spirava una tale passione, un tale amore esclusivo e violento per quell'altro, per il giovane della soffitta, che era difficile immaginare che si fosse piegata alla rinuncia, senza una ragione formidabile, più forte di lei stessa e delle sue possibilità di lotta.

Non me la riveli, forse, in tutto questo non c'entra. Ma sta di fatto che quando Remigio Altieri la seppe fidanzata ad un altro, a Giannetto Aurigi, volle venire ad abitare in questa casa. Quale fu il sentimento, o il calcolo che spinse lui a far questo e lei ad acconsentire?

Perchè parla di calcolo? esclamò con rimprovero la giovane, eppure avevo sperato che lei comprendesse, che lei fosse umano.

Non so, perchè non mi spiega?

Che ho da spiegarle?

Altieri era stato il mio maestro di francese, fin da giovinetta, troppo giovane anche lui, vuol dire?

Fu il caso. Il babbo lo preferì ad altri professori, perché, perchè costava meno, il babbo è stato sempre molto economo.

Aveva detto quest'ultima frase in fretta, arrossendo, come se non quella fosse stata la ragione, ma un'altra.

Subito cercò farla dimenticare sorvolando, fu il Destino, gliel'ho detto. Non potevo conoscerlo altrimenti e dovetti conoscerlo così, e lo amai.

Oh, non subito, naturalmente. Nei primi anni non mi ero resa conto del sentimento, che lui nutriva per me e di quello che stava sorgendo nel mio cuore giorno per giorno, e lui non avrebbe neppure osato mai confessarmelo, se un giorno, le devo dire che negli ultimi anni, quando io ero già una giovane donna, una signorina libera o quasi, perchè mio padre mi ha sempre educata liberamente, dandomi la sensazione delle mie responsabilità davanti a me stessa e agli altri, molto spesso con Altieri facevamo la nostra lezione passeggiando, del resto, si trattava, ormai, soltanto di conversazioni in francese e non di vere e proprie lezioni, quel giorno, circa tre anni fa, eravamo andati fuori città, oltre l'Acquabella, era la nostra passeggiata preferita, ci colse un temporale, uno di quegli acquazzoni d'autunno, che si scatenano all'improvviso e che sembrano voler sommergere la terra. Eravamo in aperta campagna, oltre la linea ferroviaria, oltre le fattorie e le case, c'era una scarpata con un fosso, là sotto, il terreno rientrava, faceva una specie di volta, corremmo a rifugiarci in quel riparo, era stretto, l'acqua veniva di traverso, ci addossammo più che potemmo al terreno, e mi trovai fra le sue braccia, fu un lampo. Per me quell'abbraccio costituì la rivelazione di me a me stessa, quando tornammo a casa, sapevo di amarlo.
Aveva narrato l'episodio, vivendolo nella memoria e ne era stata così assorbita, da

dimenticare anche la realtà presente, gli occhi le brillavano, le gote le ardevano.
Ecco disse, e davvero le sembrava che non ci fosse più nulla da dire. Per lei tutto cominciava e finiva in quell'amore.
E poi? chiese con dolcezza il commissario. Anche lui si sentiva commosso, uno strano sottile turbamento lo aveva invaso, una grande tenerezza, un desiderio improvviso di fare il bene, di seminare la felicità attorno a sè.
E poi? ripetè. Continui pure, la comprendo.
Sì, esclamò Maria Giovanna. Forse, lei mi comprende, ma il resto è più difficile, non posso dirle tutto, bisogna che mi creda, anche se quel che dico non è chiaro.
Si raccolse un momento.
De Vincenzi aveva tolto la mano dalla maniglia, adesso era inutile minacciare di andare su da quell'altro, tutto gli appariva così logico, così naturale, così buono.
Vivemmo giorni d'estasi, avevo l'impressione di trovarmi in un altro mondo, di non essere più me stessa, Remigio veniva per la lezione ogni giorno, ma adesso avevamo da parlare di noi, del nostro amore. Remigio faceva progetti, si sarebbe imposto ogni sacrificio, avrebbe raddoppiato il lavoro, doveva arrivare a farsi una posizione. Io però, non volevo nascondere nulla ai miei genitori, volevo che sapessero. Remigio mi aveva raccontato la storia di suo padre e anch'io mi sentivo capace di abbandonare la famiglia, di fuggire con lui,

come aveva fatto sua madre, non ebbi il coraggio, però, di parlare subito col babbo, una mattina, la mamma m'interrogò. Ad una madre non sfugge nulla di quel che passa nel cuore della propria figlia, non seppi tacere, non volli mentire con lei, le confessai tutto, la mamma mi adora, credevo di vederla aprirmi le braccia, felice della mia stessa felicità, invece, scoppiò in pianto.

Fece una pausa, fissò De Vincenzi come per scongiurarlo di comprenderla e di permetterle di tacere quel che non voleva, che non poteva dire.

Sì, scoppiò in pianto e mi disse che mio padre voleva che sposassi Giannetto Aurigi, sentii uno schianto, il mio primo impulso, fu di ribellarmi, oltretutto mi sentivo incapace di recitare una commedia infame, ma poi....

Tacque, palpitava.

E lui?

Altieri? chiese De Vincenzi.

Ah.

Si allontanò, andò al divano, sedette, sembrava assorta, guardò la porta della sala da pranzo, fremette.

Poi si girò verso il commissario e gli disse con voce bianca, quasi continuasse il racconto, senza interruzione, senza lacune.

Nel suo spirito, purtroppo, le lacune non esistevano.

La prima volta che venni in questa casa a trovare Aurigi, era necessario che ci venissi, vidi sul portone Remigio, mi aspettava, mi disse che

abitava qui, così lo avrei avuto vicino, sempre, e la sofferenza di lui era infinita, un martirio le dico, è durò due anni. E poi, da qualche giorno, l'angoscia terribile del dramma che precipitava, e poi il terrore della notte scorsa, e poi oggi, questo terribile presente, che mi appare.
Quale dramma? chiese il commissario, chinandosi verso la giovane. Quale dramma, che precipitava?
No gridò. No, non posso dirlo, non devo.
Fissò quell'uomo, che le si faceva sempre più vicino, cercando di leggerle l'anima negli occhi, e agitò le mani davanti a sè, per allontanarlo.
Ho ucciso io Garlini, ho ucciso io Garlini.
E tacque, spasimando.
De Vincenzi si allontanò da lei con un gesto di dispetto, il volto gli si contrasse.
Sentiva di nuovo sfuggirgli la verità.
Tutto quel racconto non aveva servito che ad allontanarlo dal punto cruciale, e aveva dato il modo alla giovane di riprendersi, di tornare a trincerarsi dietro quella sua menzogna eroica ed inutile.
Ah no. Adesso, avrebbe agito a fondo.
Quella giovinezza già martoriata dal dolore lo angosciava, ma c'era un morto, c'era il suo dovere, c'era anche l'assoluta necessità che si era imposta, di salvare Aurigi e tanto più doveva farlo adesso che lo sapeva infelice, colpito anche nel proprio sentimento di uomo, ferito nel cuore.
Tutto quel racconto era, forse sincero. Anzi, lui lo riteneva sincero e veritiero, ma non spiegava

l'assassinio, non spiegava la presenza di Maria Giovanna in quell'appartamento proprio la notte del delitto, soprattutto non spiegava la fiala del veleno.

E lassù in alto, c'era quell'altro essere umano, sorto improvvisamente ad illuminare di luce avvampante gli avvenimenti, il quale pure doveva sapere qualche cosa, perchè non era presumibile che avesse dormito placidamente, mentre a poca distanza da lui la donna che lui amava stava vivendo un'orribile tragedia.

Avrebbe agito.

Guardò la donna. Sicuro, avrebbe cominciato proprio da lei.

Un dolore più forte del dolore

L'uscio del salottino si era aperto e sulla soglia era comparso il conte Marchionni.

Aveva il volto contratto, lo sguardo sfavillante, Un piccolo fremito gli agitava le labbra, si mise ad osservare sua figlia e De Vincenzi, che vivevano quel terribile dramma fino in fondo, e tacque.

De Vincenzi, dopo una pausa brevissima, disse con voce decisa, ebbene signorina, parlerò io allora, ma sarà più doloroso per lei, perchè mi occorrerà aiutare la logica con la fantasia, ricostruire anche nei particolari il dramma dei cervelli, e sarò brutale, perchè io ho dovuto cercarla la verità, interrogando le cose, guardando dietro le apparenze.

Marchionni con voce tagliente, intervenne facendo un passo avanti, le apparenze ingannano commissario.

De Vincenzi si girò senza meraviglia, e disse con profonda amarezza, lei ha voluto ascoltare?

Non è regolare il suo modo di procedere, che valore può avere una confessione estorta coi suoi mezzi ad una donna?

La frase colpì il commissario in pieno petto, ebbe un sussulto, il sangue gli affluì alle gote e lui si diresse rapido verso l'uscio della sala da pranzo.

Allora, poichè lei lo vuole, facciamo le cose regolari.

E bussò all'uscio.

Apri, sono io, il commissario.

Subito la porta si aprì e l'agente comparve, De Vincenzi lo spostò con violenza da parte.

Va' via, lì, in quell'altra camera, dove vuoi.

Lo spinse verso l'ingresso e richiuse la porta dietro di lui, poi tornò rapidamente sui suoi passi, Aurigi, Aurigi, vieni qui.

Sempre in frak, col volto stanco e lo sguardo allucinato, Giannetto apparve, vide Maria Giovanna e il conte ed ebbe un gesto per allontanarsi, per difendersi, indietreggiò, ma De Vincenzi lo trattenne.

No, vieni avanti, e lo spinse in mezzo alla camera. Poi guardò, quasi con sfida, il conte.

Ecco, ora ci sono quasi tutti, adesso ritiene il procedimento regolare, conte Marchionni?

Non credo, affermò il vecchio, ho sentito parlare di un giudice istruttore e conosco il codice di procedura penale.

Conoscete anche, chiese subito con ironia il commissario, oltre il codice, il trattato classico di Tardieu sui sintomi e sul decorso dell'avvelenamento per acido prussico?

Che cosa vuol dire? chiese il conte.

Maria Giovanna era balzata avanti e gridava con voce terrorizzata, ah, no, questo no, non ne ha il diritto.

Ma De Vincenzi non si trattenne.

Voglio dire, scandì con voce gelida, e ne ho il diritto, che sua figlia conte, la notte scorsa, in questa casa, ha lasciato cadere una fiala contenente tanto acido prussico da uccidere una mezza dozzina di persone.

Tu sei stata qui, questa notte? gridò il conte a Maria Giovanna, e nella sua voce c'era più che altro un disperato accento di supplica.

C'è stata, disse De Vincenzi, frapponendosi tra padre e figlia, mentre lei si trovava al Savini o al Clubino.

Il conte e il commissario si affrontavano.

Come fa a negarlo lei, se sua figlia lo confessa?

L'altro rispose con sarcasmo, ha anche confessato di avere ucciso Garlini.

Sicuro. E invece non lo ha ucciso, siamo d'accordo. Ma la sicurezza, che non lo abbia ucciso lei, conte, da che cosa la trae?

Marchionni ebbe un brevissimo istante di esitazione, poi alzò le spalle, non ne sarebbe stata capace.

Perchè non afferma anche che non aveva ragioni per ucciderlo?

Quali ragioni poteva avere?

Io le ho chieste a lei.

Una sola persona aveva interesse ad uccidere Garlini.

Crede?

Lui.

E infatti Aurigi, riprese con forza De Vincenzi, ha ammesso di averlo ucciso anche lui. Non le sembra che due rei confessi di uno stesso delitto siano troppi?

E non le sembra che questa sua implacabile volontà di accusare Aurigi sia inspiegabile?

Mia figlia ha tentato un melodrammatico sacrificio di se stessa, per un nobile amore.
Lo crede proprio?
In ogni modo il sacrificio è stato inutile.
Il colloquio tra i due uomini si era svolto serrato ed ecco che la voce di Aurigi, piena di spasimo, si rivolse a Maria Giovanna, ma perchè?
Ma perchè?
Perchè hai voluto far questo?
Perchè ti hanno portata qui?
La giovane si alzò, era così pallida da far fremere, vacillava, rispose quasi allucinata, come se le parole le uscissero in uno stato sonnambolico e la sua volontà cosciente fosse tutta tesa a contenere il fremito interiore, Giannetto, Giannetto io sto per commettere verso di te la vigliaccheria di parlare troppo tardi, forse se avessi parlato prima, tutto questo non sarebbe avvenuto.
Con un movimento spontaneo, De Vincenzi si era fatto da parte. Sentiva che il dramma, di nuovo ondeggiando come cosa viva, era passato nel dominio di quei due esseri, che il destino squassava. Per un po', lui non poteva essere se non spettatore e lo comprese così bene, che ascoltò con tutta l'anima negli occhi, ma da lontano.
Marchionni avrebbe voluto frapporsi, non potè, una forza estranea a lui lo trattenne, sentì che qualcosa di nuovo, di diverso, di più atroce, stava per accadere.

Che vuoi dire Maria Giovanna, chiese Aurigi, quasi con terrore.

E la risposta venne, terribile.

Io non ti amo Giannetto, non ti ho mai amato, ti ho sempre considerato soltanto come un amico, come un buon amico.

L'altro, anche perchè materialmente stremato, non si rese subito conto di quel che significassero quelle parole, chiese con voce piena di pianto, come un bimbo che si lamenta, perchè dici questo Maria Giovanna?

Anche tu adesso, senti il bisogno di rinnegare il passato?

No, hai chiesto perchè io mi trovi qui?

Ebbene, te lo dico. Ci sono venuta, perchè il rimorso mi ci ha spinta. Il rimorso di averti indotto a fare quel che hai fatto.

Aurigi agitò le mani avanti, come per scacciare una visione ossessionante, fece un passo verso Maria Giovanna, stava quasi per urlare, quando vide De Vincenzi e Marchionni e tacque.

La giovane continuava, il rimorso di non averti mai amato e di avertelo lasciato credere e di averti ingannato, è questa la verità Giannetto. Io ti avrei sposato solo perchè tu eri ricco, perchè ti credevo ricco, e mio padre aveva bisogno di un uomo ricco, che lo aiutasse.

Il conte strinse i pugni e sibilò, Maria Giovanna, ti proibisco.

Con un colpo della testa all'indietro, Maria Giovanna si eresse sulla persona, quasi volesse apparire più grande, quanto più si umiliava con la sua confessione, che cosa mi vuoi proibire, babbo?

Non possiamo più tacere, non possiamo più. Credi che domani non si saprebbe?

Adesso, oh adesso frugheranno fino in fondo alla nostra vita, fino in fondo alle nostre anime, avrei voluto tacere anch'io, poco fa ho taciuto, ma ora capisco che non è più possibile nascondere la verità.

Si girò di nuovo ad Aurigi, le condizioni della nostra famiglia erano precarie, una bella facciata e dietro la rovina, un palazzo, servi, ma la lotta quotidiana per puntellare questa apparenza di ricchezza ci pesava addosso fino a schiacciarci.

Parlava, nascondendo nulla, dilaniandosi nello spasimo di quella confessione atroce fatta proprio all'uomo, che aveva ingannato e che lei credeva di aver spinto all'assassinio.

Io fino a qualche anno fa, ho ignorato la tragica lotta che mio padre e mia madre sostenevano eroicamente, le terre perdute una ad una, i ripieghi, le argenterie, i quadri, i mobili di prezzo andati a vendere lontano e sostituiti con ottone argentato e con copie, poi venne la volta dei gioielli di mia madre, poi i debiti.

Si girò a indicare suo padre, ma nulla in lei era dell'accusatrice.

Lui ha lottato con una forza che io ammiravo, mi nascondeva tutto. Mi ha sempre nascosto, adesso soffre di più, perchè ha saputo che io sapevo, mia madre dovette confessarmi tutta la verità, e mi disse che l'unica speranza di mio padre ero io, soltanto un matrimonio ricco, un mio matrimonio ricco, avrebbe potuto salvarci, e allora, poichè essi ti credevano ricco, Giannetto, poichè mi dissero che tu solo avresti potuto salvarci, acconsentii a sposarti, divenni la tua fidanzata.

Aveva detto tutto, ma soggiunse, con un singhiozzo, soltanto, soltanto non avevo riflettuto che tu mi amavi veramente e che sarebbe venuto presto o tardi il momento in cui io avrei dovuto farti questa mia atroce confessione.

Il conte aveva ascoltato Maria Giovanna, come piegato sotto il peso delle parole di lei, a quel singhiozzo che aveva interrotto la frase della giovane, trovò la forza per reagire e scattò, basta, basta. Non una parola di quanto ha detto questa pazza è vera, il fatto stesso delle condizioni in cui si trova Aurigi lo dimostra, se avessi voluto un genero ricco, non avrei scelto lui.

Un altro silenzio seguì, pieno di ansia.

Maria Giovanna fece un passo verso suo padre e gli disse con dolcezza, quasi volesse tentare di convincerlo, vuoi dire che lui ti ha ingannato, babbo?

Che tu ti sei sbagliato?

Sì, questo è vero, abbiamo creduto che Aurigi fosse ricco, forse lui stesso ha fatto di tutto per farcelo credere, ma di quanto è accaduto ieri notte in questa casa io mi sono sentita colpevole quanto Giannetto, perciò sono venuta qui, non dovevo, non potevo abbandonarlo, non l'ho amato, non lo amo, e lui ha creduto nel mio amore, fino al punto di farsi assassino per non perdermi.

Livido, col volto contratto, i muscoli vibranti, contenendo a fatica la violenza esplosiva delle sue passioni, Giannetto si avvicinò quasi di balzo a Maria Giovanna e l'afferrò al polso, la sua voce suonò fischiante, inumana d'odio, tu come sai che sono stato io l'assassino? Come fai a dirlo?

Anche in questo momento vuoi recitare una commedia infernale per perdermi, sgual....

De Vincenzi, che aveva assistito con freddezza a quel terribile dibattito di due anime atrocemente disperate, si era avvicinato ai due e si trovava dietro di essi, appena vide che Giannetto non riusciva più a dominarsi, gli afferrò il braccio e lo strinse così forte da obbligarlo a lasciare il polso di Maria Giovanna.

Taci, taci, tu.

Spinse Aurigi con violenza lontano, più lontano che potè.

Taci.

Quando lo vide appoggiato al muro con gli occhi spenti, con le labbra improvvisamente cadenti, tornò verso la giovane e la sostenne, perchè stava per mancare, con dolcezza, la portò fino al divano e la fece sedere.

Di nuovo il silenzio cadde in quella camera.

E fu lui De Vincenzi, sempre lui, che lo ruppe per primo.
Chinatosi verso Maria Giovanna, disse con dolcezza, lei questa notte, contessina Maria Giovanna, è stata in questa casa.
La giovane chinò il capo.
Perchè c'è stata?
È necessario ormai, dire tutto.
Ma Marchionni, intervenne con decisione, parlerò io commissario.
No, ancora no disse De Vincenzi, con voce ansiosa, verrà il momento in cui dovrà parlare conte Marchionni, ma non è questo.
Ma io ho il diritto, per Dio.
No le dico, uno solo qui dentro, adesso, ha il diritto d'interrogare e sono io, è stato commesso un delitto, non dimentichiamolo. Se attorno a questo fatto determinante, decisivo, che ha mosso l'ingranaggio della giustizia sociale, ci sono altri fatti, altre tragedie personali, che ad ognuno di voi possono anche sembrare capitali, che per ognuno di voi costituiscono il fatto centrale, io è soltanto del delitto, e dell'autore di esso che devo occuparmi, tutto il resto conta per me soltanto in quanto serve ad illuminarmi. Adesso, conte Marchionni, lei deve tacere, altrimenti sarò obbligato a farlo accompagnare altrove.
Marchionni tacque.
Il commissario si girò di nuovo a Maria Giovanna, e le disse con voce ferma, contessina, lei ha lasciato cadere un bastoncino di rosso per

le labbra in questa stanza e una fialetta di acido prussico di là nel bagno, come io possa affermare che la fialetta è stata lei a farla cadere, non lo so. Poteva essere stata lei come un'altra persona. Voglio dire che non ne avevo le prove, l'ho subito intuito, ma prove non ne avevo, fino a quando lei stessa non me lo ha confessato, e adesso so che è stata lei, dunque lei è venuta qui questa notte, non ha ucciso Garlini, ma c'è venuta, vuole dirmi perchè e come?
Maria Giovanna alzò gli occhi verso De Vincenzi e nel suo sguardo lui lesse una preghiera disperata.
Il commissario rispose a quello sguardo, sì, sì è necessario, è indispensabile, tutto quello che ancora si può salvare, si salverà soltanto se lei parlerà.
La giovane disse con un soffio, ci sono venuta per incontrare Garlini.
Lei sapeva che Garlini si sarebbe trovato in questa casa a mezzanotte?
Sì.
De Vincenzi stava per fare un'altra domanda, ma guardò Giannetto ed ebbe un'esitazione, poi si decise.
E Garlini sapeva che lei sarebbe venuta?
Aurigi balzò violentemente, no, ma che dici?
Maria Giovanna aveva saputo di Garlini da me, da qualche giorno lei si era accorta che io ero agitato, preoccupato, che avevo qualche angoscia grave, ieri sera a teatro, in un

momento di eccitazione, non sapendo come avrei fatto a versare più di mezzo milione a Garlini, le ho confessato tutto, la mia situazione, l'appuntamento con Garlini a casa mia, l'ora di esso e che avrei dovuto versare ieri notte stessa la somma a Garlini, avevo ottenuto che aspettasse fino alla mezzanotte, mentre lui avrebbe voluto il versamento ieri nel pomeriggio. In un momento di debolezza, vedendo la rovina irrimediabile, ho confessato a Maria Giovanna di aver fatto venire Garlini a casa mia a quell'ora per....
La voce gli si ruppe e fu De Vincenzi, che continuò freddamente, vai avanti, per ucciderlo, vai avanti.
Sì, disse Aurigi, nel pomeriggio gli avevo scritto un biglietto, dicendogli che contavo sulla sua promessa di aspettare fino a notte, e che venisse, perchè io ero pronto a mantenere da parte mia l'impegno di versargli la somma, Garlini doveva depositare ieri il bilancio di fine mese, e se vi fosse figurato il mio scoperto, sarei stato rovinato, così, volevo essere sicuro che lui lo avrebbe nascosto, ero pronto a tutto.
Con un sogghigno disse, anche ad ucciderlo, ma non qui dentro naturalmente, non sarei stato così imbecille, lo avrei portato fuori. Ecco.
De Vincenzi gli si mise di fronte, fissandolo, e la signorina Maria Giovanna lo sapeva?
Sì, i miei nervi erano esauriti, ebbi un momento di debolezza, nel pomeriggio avevo avuto una scena terribile con lui, col conte Marchionni,

alla Scala perso il controllo di me stesso, quando Maria Giovanna m'interrogò, le dissi tutto e fuggii da teatro e venni qui.
Il commissario concluse con voce fredda.
Eppure, tu non lo hai ucciso.
Mi si era fatto troppo tardi, io non porto mai l'orologio, credevo che non fossero neppure le undici e mezzo e invece sono arrivato qui dentro e ho visto lì che era mezzanotte e mezza, lì a quel pendolo, in casa non c'era nessuno, ho pensato che Garlini fosse venuto, e che dopo aver suonato inutilmente, se ne fosse andato, ho aspettato ancora fino a mezzanotte e tre quarti poi sono uscito, mi sembrava d'impazzire, ho girato per la città, senza saper dove andassi, avevo l'impressione che il freddo mi facesse bene, ma mi sentii improvvisamente invadere da un esaurimento mortale, avevo bisogno di non pensare più a nulla, di dormire, di dimenticare, di annientarmi, allora, venni da te in Questura. A quell'ora non sapevo dove andare, avevo paura di tornare a casa, avevo paura di trovarmi solo, inconsciamente pensai che tu mi avresti protetto, che, se fossi venuto da te, non avrei più ucciso, non so spiegarti, ma è così.
Aveva parlato con voce rapida, quasi avesse voluto vuotare tutto se stesso, liberarsi anche della sua anima, con quella confessione, e taceva schiantato.
De Vincenzi si girò lentamente verso Maria Giovanna e poi verso il conte, tacevano, avevano ascoltato Giannetto e una grande meraviglia,

uno stupore atterrito, si era dipinto sui loro volti.
Guardavano De Vincenzi, quasi temessero che stesse per partire da lui l'accusa terribile, se non era stato Giannetto ad uccidere, chi era stato?
E il padre si girò a fissare Maria Giovanna, mentre questa non osava guardarlo.
De Vincenzi, con la stessa lentezza, girò ora lo sguardo al quadrante del pendolo.
Tu hai guardato l'ora lì, su quel pendolo. Esso segnava mezzanotte e mezzo, mentre erano le undici e mezzo, nello stesso modo che adesso sono le dieci e un quarto e quel pendolo segna un'ora di più. Sì, è così.
Con un trapasso rapido, anche della voce, quasi volesse che gli altri non afferrassero il senso misterioso di quel pendolo, che andava un'ora avanti, chiese alla contessina Marchionni, e lei perchè è venuta qui?
Con quale scopo?
Era giunto il momento delle confessioni.
I nervi di quelle tre persone si trovavano allo scoperto, tesi come corde di violino, nessuna di esse avrebbe potuto tacere o mentire, e Maria Giovanna parlò, ieri nel pomeriggio mi trovavo in questa casa, quando Aurigi ebbe il colloquio con mio padre, ho sentito tutto, che Aurigi era rovinato, che doveva pagare la sera stessa una somma enorme, ho capito che con la rovina di Aurigi sarebbe venuta anche la nostra, le parole di mio padre a Giannetto erano chiare per me,

anche mio padre era alla disperazione, l'unica sua salvezza, io lo sapevo, stava nel mio matrimonio, ed improvvisamente ero venuta a sapere che Aurigi era rovinato, allora sono uscita di qui, ho preso un taxi, e sono andata da Garlini.
Il grido di Aurigi fu disperato, no.
Sì, rispose la giovane, e continuò a voce bassa, Garlini mi faceva la corte da molto tempo, mi sono illusa che fosse un galantuomo, che fosse innamorato di me sinceramente, ho sperato di avere un ascendente qualsiasi su di lui, e invece l'ho trovato.
Un brivido lungo scosse Maria Giovanna, e lei si coprì il volto con le mani, dicendo, che schifo.
Ma subito si riprese, e a volto aperto, parlò freddamente, con amarezza atroce, il suo sguardo parlava più chiaro della bocca, mi disse che Aurigi aveva promesso di pagare nella notte, ma che lui non credeva che lo facesse, era determinato a rovinarlo, gli aveva aperto un credito tanto forte, appunto per non lasciargli poi via di salvezza. Sapeva che prima o poi avrei dovuto ricorrere a lui e cedergli, se volevo salvarmi dallo scandalo, mi fece vedere che scriveva in mia presenza sui libri contabili il versamento di Aurigi come già avvenuto, mi disse, ebbene, se questa notte non pagherà lui, pagherà lei contessina, l'attenderò a casa mia domattina alle undici, se lei non viene, rovino Aurigi. Preparò una ricevuta per Giannetto,

sogghignando, ecco una ricevuta che consegnerò a lei e non a lui.
Maria Giovanna tacque, stremata.
La pausa fu lunga.
Giannetto era caduto a sedere, fissava il vuoto davanti a sè.
Il padre soffriva, soffriva tanto intensamente che i suoi occhi apparivano quasi folli di dolore.
De Vincenzi disse dolcemente, e poi?
E poi lei è andata all'Ospedale, è vero contessina?
Sì, come lo sa?
Lei sta seguendo il corso d'infermiera della Croce Rossa, è andata nella farmacia dell'Ospedale e ha preso la fiala dell'acido prussico.
Sì, gridò Maria Giovanna, interrompendolo, non avrei potuto sopravvivere alla vergogna, e dovevo salvare i miei dalla rovina. Giannetto, Giannetto aveva giocato anche per conto di mio padre e mio padre non poteva pagare, questa è la verità che ho conosciuto ieri nel pomeriggio, nascosta di là, in quella stanza, mentre qui Giannetto e mio padre discutevano, questa è la verità e anche adesso Aurigi è stato generoso al punto di non rivelarla.
De Vincenzi si girò al conte, è questa la verità?
Con sforzo evidente, ma a voce alta, Marchionni rispose, sì questa è la verità.
E allora lei ieri sera, riprese subito il commissario, girandosi verso Maria Giovanna, quando seppe che Aurigi era pronto ad uccidere

pur di salvare suo padre e lei, venne qui per impedirlo e per cedere a Garlini?
Sì, dopo mi sarei uccisa.
E invece?
Facendo uno sforzo evidente su se stessa, la giovane continuò, sono arrivata a mezzanotte passata, non avevo potuto liberarmi prima perchè avevo dovuto recitare la commedia di andare in un altro palco, da alcuni amici per non far capire a mio padre e a mia madre, e ho trovato Garlini morto.
La porta era aperta? chiese De Vincenzi.
Aperto il portone sotto, socchiusa questa porta dell'appartamento. Sono entrata, e lì dentro, nel salottino il cadavere.
Si coprì il volto con le mani, vinta dall'orrore.
Ma il commissario non le dava tregua.
Ed è fuggita subito?
Ero atterrita, continuò Maria Giovanna, togliendosi le mani dal volto. E avevo il rimorso atroce d'essere arrivata troppo tardi, di non aver potuto impedire quel fatto orribile, le forze non mi ressero, quando sentii entrare qualcuno, là da quella porta, un terrore folle m'invase, fuggii di là, in fondo, nel bagno era buio, ho rovesciato le sedie, mi è caduta di mano la borsetta, è così che devo aver perso la fiala, e sono rimasta lì dentro, sconvolta, trattenendo il respiro fin quando....
Esitò, tacque.
Allora, il conte Marchionni disse, fin quando io ho acceso la luce, l'ho vista, l'ho sollevata e l'ho

portata a casa, ecco, adesso lei sa tutto. Anche che io sono stato qui questa notte, che conoscevo l'appuntamento di Aurigi pur sapendo naturalmente di mia figlia, che anch'io avrei potuto uccidere Garlini e non l'ho ucciso, non l'ho ucciso, capisce, commissario?

Dopo un silenzio, la voce del conte risuonò con sarcasmo, e adesso che sa tutto, se nessuno di noi tre lo ha ucciso, chi è stato?

Tenebre

Infatti, adesso che erano stati eliminati i tre protagonisti principali di quella trista vicenda, le tenebre erano più fitte di prima.
Se non loro tre – cioè Giannetto, Maria Giovanna e il conte Marchionni – chi, dunque?
Alla domanda del conte, il commissario non aveva risposto, ma dentro di sè pensava che certamente quei tre avevano detto la verità e che pure essa sarebbe valsa meno che niente, se non fosse stata corroborata da prove.
La mia convinzione personale non vale nulla, se io non riesco a scoprire il colpevole dell'assassinio, pensava tra sè De Vincenzi e si diceva con ansia, devo scoprirlo subito prima che il giudice istruttore torni ed agisca, qui dentro, in queste poche stanze, ci sono tante prove contro Maria Giovanna e il padre, da giustificare l'arresto immediato di tutti e tre e certamente anche la loro condanna. Se l'affare passa alla magistratura, io non posso far nulla, perchè tutte le mie intuizioni e le mie impressioni psicologiche non hanno peso. Saranno presi tutti in un ingranaggio, che li stritolerà, e perchè io so che sono innocenti di questo delitto, devo fare l'impossibile per salvarli.
Ma tutte queste riflessioni non impedivano che lui, per quel che riguardava l'assassinio di Garlini, brancolasse nelle tenebre.

Una prima luce gli era stata data da quel pendolo, avanzato di un'ora. Ma non aveva servito che a convincerlo dell'innocenza di quei tre, se l'orologio era stato messo avanti di un'ora, indubbiamente quel fatto doveva avere una connessione col delitto, chi si era dato la pena di avanzare le lancette doveva avere uno scopo ben preciso.

De Vincenzi lo aveva capito fin dal principio ed aveva altresì compreso che a compiere quell'atto non potevano essere stati nè Giannetto, nè Maria Giovanna, nè il padre di lei.

Commesso da uno di questi tre, il delitto non poteva essere che un delitto di passione, odio e scatenamento dell'istinto sanguinario in un individuo messo con le spalle al muro e con dinanzi a sè la rovina.

Se fosse stato Giannetto ad uccidere, lui lo avrebbe fatto, forse con premeditazione, certo per disperazione. Ed appariva già strano che avesse ucciso Garlini in casa propria. Questa appunto era stata la ragione, che fin dal principio aveva lasciato perplesso il commissario. Poteva darsi, però, come del resto la confessione di Giannetto aveva confermato, che avesse voluto attrarre Garlini in casa propria, per poi ucciderlo altrove, e che invece fosse stato costretto dalle circostanze a cambiare piano e a precipitare gli eventi.

In ognuno di questi casi, ad ogni modo, l'avanzamento del pendolo risultava inesplicabile.

Maria Giovanna o il vecchio conte avrebbero potuto uccidere Garlini, per ragioni più complesse, ma sempre della stessa specie, e adesso De Vincenzi sapeva, dalle parole di quei due disgraziati, che almeno uno di essi aveva avuto nel proprio animo il proposito di sopprimere quell'uomo e che poi s'era trovato davanti al fatto compiuto.
Quell'uno, il padre molto probabilmente, sarebbe stato capace di attuare il proposito, ma allora certamente, il delitto si sarebbe presentato in modo diverso, e gli indizi e le tracce avrebbero parlato da soli.
Soprattutto non ci sarebbe stato l'indizio del pendolo, perchè non poteva esserci. Come pensare che il conte avesse messo avanti di un'ora l'orologio e perchè lo avrebbe fatto?
Ecco, bastava questa constatazione a far sì che un uomo d'intelligenza e di osservazione, come De Vincenzi, escludesse immediatamente dal quadro quelle tre figure, ma non bastava per ora, nè ad indicare l'assassino e tanto meno costituiva una prova così lampante da liberare da ogni sospetto gli indiziati.
De Vincenzi rifletteva a tutto ciò, con freddezza, con ponderazione, e il volto gli rispecchiava lo sforzo del cervello.
Attorno a lui gli altri tre vivevano la loro angoscia, perchè intuivano quanto passava per la mente del commissario.
Tanto Maria Giovanna, quanto Marchionni si erano trovati davanti al fatto, nuovo per essi,

dell'innocenza di Giannetto. Quando avevano trovato il cadavere di Garlini in casa di Aurigi, erano rimasti terrorizzati perchè entrambi si erano detti che l'assassino poteva essere uno solo.

Maria Giovanna aveva ancora nelle orecchie il suono delle parole esaltate di Giannetto e in quanto al conte, lui conosceva troppo bene la disperazione di Aurigi, per dubitare che fosse stato lui. Tanto più che quella stessa disperazione era nel suo cuore e lo aveva portato alle stesse terribili conseguenze.

Ma adesso tutti e due avevano saputo che Giannetto non aveva ucciso, e tutti e due si erano subito detti che, escluso lui, i sospetti si sarebbero logicamente portati su di loro.

Già la preoccupazione di giustificare se stesso e sua figlia, per essersi trovati in quella casa subito dopo il delitto, aveva spinto Marchionni a servirsi dell'opera di un detective privato, per seguire da vicino l'inchiesta e per fare accertare la colpevolezza di colui, che lui riteneva il vero autore del delitto.

Marchionni non temeva per sè, ma per sua figlia e in quanto a Maria Giovanna, lei era soltanto sconvolta e non pensava a nulla, se non alla sua vita irrimediabilmente spezzata e a Remigio perso per sempre.

Per il terzo attore del dramma, Giannetto, dopo tutte le ansie di quella giornata e i terribili tormenti della notte, quando aveva creduto che Garlini non si fosse voluto recare a casa sua, e che quindi, la propria rovina fosse inevitabile, si aggiungeva l'altro terribile dolore datogli dalla rivelazione di Maria Giovanna.

Giaceva adesso, come un corpo inerte, sulla poltrona dove si era seduto e i suoi occhi fissavano il vuoto.

Lui aveva amato Maria Giovanna, l'aveva forse, male amata, da uomo che vuol vivere liberamente la propria vita, che è sicuro di sè, che è abituato a considerare le donne soltanto come uno strumento di piacere e di appagamento di ogni proprio senso, da quello estetico all'altro brutale dell'istinto.

Ma certo nutriva per lei molta tenerezza e si era sentito pronto ad uccidere Garlini soprattutto per salvare lei dalla rovina.

E all'improvviso aveva saputo che lei non lo amava, che non lo aveva mai amato.

Un atroce senso di vuoto gli si era fatto attorno, aveva nella bocca il gusto amaro di un dolore cattivo, la piega alle labbra gli si era approfondita e sembrava un ghigno.

Il silenzio durava da qualche minuto.

Marchionni, con la sua frase di sarcasmo, aveva quasi elevato una barriera dinanzi ad ognuno di essi, se non loro tre, chi era stato?

De Vincenzi si scosse.

Occorre agire, e io solo posso farlo, disse con voce ferma.

Poi guardò in volto i tre ed aggiunse, per voi non c'è altro da fare, la mia convinzione personale non ha valore. Io credo alle parole che mi avete detto, ma questo non può impedire che il giudice proceda contro di voi, e se non si trova il vero colpevole, nessuno di voi tre ha molta speranza di potersela cavare.

Aurigi lo interruppe, accentuando ancor più la smorfia della bocca, in un sorriso che metteva paura, oh, se ti affanni per me, puoi risparmiarti la pena, niente più ha importanza per me, ormai.

Diede un'occhiata rapida a Maria Giovanna e concluse, no, davvero. Tutto quel che può accadere non mi interessa.

De Vincenzi lo capiva benissimo, ma doveva reagire e lo fece quasi con violenza, eh mio caro, non ci sei solo tu qua dentro, c'è lei, la signorina Maria Giovanna, che è compromessa quanto te, c'è suo padre, e c'è soprattutto l'interesse della giustizia umana, nella quale io credo e che questa volta devo tutelare.

Fece una breve pausa e aggiunse freddamente, le tragedie d'anima divengono talvolta un lusso, che non ci si può consentire, io devo risolvere il problema e non ho tempo da perdere, e ho bisogno assoluto che tu, come gli altri, vi prestiate ad aiutarmi, e tu Giannetto, lo farai.

Aurigi aveva ascoltato, fece un gesto vago.

Ebbene? chiese con indifferenza.

Ebbene, voglio tentare di risolvere il problema, prima di questa sera. Forse non ci riuscirò, ma può anche darsi che il caso, nel quale credo, mi aiuti.

Si diresse alla porta in fondo e la spalancò di colpo, Giacomo si trovava nell'anticamera, intento nell'apparenza, a togliere la polvere dai mobili.

Il commissario fece finta di non badargli e andò al telefono.

Chiamò la Procura del Re e si mise in comunicazione con il giudice incaricato dell'istruttoria.

Non lo conosceva, se non di nome e di vista, ed in quanto al giudice non sapeva neppure chi fosse De Vincenzi o disse di non saperlo, per quell'ostentata noncuranza con cui la magistratura inquirente tratta i funzionari di Polizia.

Gli disse subito che tra un'ora sarebbe tornato sul luogo del crimine.

De Vincenzi dovette adoperare tutta la sua persuasione, perchè acconsentisse a rimandare la visita alle sedici, per quell'ora, gli promise, avrò qualche novità.

L'altro era incredulo.

Novità di che genere?

Così come le cose mi sono apparse stamane, tutto mi sembra tanto semplice e chiaro che non saprei proprio quale novità lei possa prepararmi.

De Vincenzi non voleva impegnarsi in modo esplicito e d'altra parte il giudice insisteva per avere qualche assicurazione formale.

Non mi è possibile spiegarmi al telefono, signor giudice, finì per dirgli con una certa impazienza, le chiedo soltanto di lasciarmi mani libere fino alle sedici.

E il giudice, per quanto senza entusiasmo, rimandò il sopralluogo e gli interrogatori, ma proprio per fargli cosa gradita.

Quando riattaccò il ricevitore, De Vincenzi aveva il volto scuro.

Quello lì non gli avrebbe certo perdonato nè un errore, nè un ritardo. Aveva la sua convinzione bell'è fatta ed era facile supporre quale fosse, doveva aver già pronto il mandato di cattura per Aurigi.

Si girò e vide la schiena curva del cameriere, più che mai occupato a togliere la polvere dalla cassapanca.

Lo fissò un istante e poi tornò rapidamente in salotto.

Gli altri lo attendevano.

L'ansia di Maria Giovanna e di Marchionni era evidente.

Giannetto alzò appena la testa, quando De Vincenzi entrò, ed ebbe per lui uno sguardo stanco, scorato, lo sguardo di un cane ferito, che guarda il padrone affannarsi a curarlo e che sa perfettamente quanto la fatica di lui sia inutile.

Almeno mi lasciassero crepare in pace, diceva quello sguardo.

Il commissario conosceva il dolore di lui ed evitò i suoi occhi.

Ho bisogno di qualche ora libera, disse. Occorre che possa muovermi a modo mio. Lei, conte, può tornare a casa con sua figlia, la prego di trovarsi di nuovo qui, in questa casa, alle quindici e trenta.

Il conte s'inchinò.

Crede che riuscirà a trovare l'assassino?

Lo spero, rispose il commissario.

Maria Giovanna seguì il padre che si era diretto verso l'uscio d'ingresso, ma quando fu sulla soglia del salotto, tornò rapidamente indietro.

Mi promette che non gli dirà nulla? sussurrò con spasimo a De Vincenzi.

Le prometto che non gli dirò niente di inutile, rispose evasivamente costui.

La spinse dolcemente verso l'uscita, e quando fu sulla porta, la avvertì, non tenti neppure di vederlo, fino alle quattro, i miei agenti glielo impedirebbero.

E la giovane scese le scale a capo chino, come schiacciata da un peso enorme.

Tu rimani qui, disse De Vincenzi a Giannetto, devo lasciare un agente nella casa, naturalmente.

Aurigi abbozzò un segno d'indifferenza col capo.

Il commissario fece entrare l'agente, che era di guardia sul pianerottolo.

Gli parlò a bassa voce, dopo averlo portato nel salottino di cui aveva richiusa la porta, l'agente lo ascoltò attentamente, ogni tanto diceva, ho capito dottore.

Ma in realtà doveva aver capito poco o nulla, perchè le parole di De Vincenzi avevano l'evidente effetto di riempirlo di stupore.

Allora, lei crede? domandò con esitazione, quando il suo superiore terminò.
Non credo nulla, gli rispose freddamente il commissario, e ti prego di non credere nulla neppure tu.
Uscì in fretta, fece finta di scendere le scale, e quando fu sicuro che l'agente aveva chiuso l'uscio, risalì rapidamente fino all'ultimo piano.
Remigio gli aprì la porta e lo fece entrare.
Aveva un sorriso triste e rassegnato sulle labbra.
S'accomodi disse, immaginavo che sarebbe tornato molto presto, e così, ha saputo?
Il commissario non rispose.
Sedette davanti al tavolo e l'altro gli sedette di fronte.
Si guardarono qualche istante.
Un bel ragazzo, pensò De Vincenzi, e forse non meritava tutto quello che gli stava capitando addosso, e perchè poi proprio come suo padre?
Anche lui lo stesso destino, c'era da credere che non solo gli individui, ma le famiglie fossero segnate, una generazione dopo l'altra, quel che era avvenuto vent'anni prima si ripeteva, ma questa volta con la piccola complicazione di un cadavere tra i piedi.
Perchè non mi ha detto che ieri notte è uscito? chiese di colpo il commissario, fissandolo con acutezza e battendo sopra ogni sillaba.
Il giovane sussultò, si aspettava tutt'altro.
Che c'entra questo? disse. Lei non me lo ha domandato.

Invece io, le ho proprio chiesto dove avesse trascorso la notte, dalle ventiquattro alla una.
Può darsi, ma non mi sembrava potesse aver molto interesse per lei, sapere che circa all'una ero uscito a fare una passeggiata.
Con qualche grado sotto zero e la nebbia?
Non avevo più sigarette.
Dov'è andato a comperarle?
Vede, neppure questo potrà servirle, le ho prese dall'automatico, che è di fianco al Duomo, di fronte alla Rinascente, e gli automatici non possono testimoniare.
Infatti, dunque, è uscito all'una, ed è rincasato?
Ma poco dopo, sarò stato fuori una ventina di minuti al massimo, lei lo ha detto, con il freddo e la nebbia non c'era davvero da andarsene a passeggiare al Parco.
E neppure all'Acquabella.
Il giovane sussultò.
Perchè dice questo?
È sicuro di non essersi incontrato ieri notte, durante quella sua passeggiata notturna, con la contessina Marchionni?
Ma che cosa sta dicendo?
Lei scherza o farnetica, le dico però, che se è uno scherzo, il suo è di pessimo gusto.
Parlava con voce fremente, si capiva, che su quel terreno, era pronto a tutto.
Non ho affatto voglia di scherzare, la signorina Marchionni è stata in questa casa, la notte scorsa.

Adesso, il giovane era sbiancato, per qualche istante non aveva potuto proferir parola.
Ne è sicuro? chiese con disperazione contenuta.
Perchè ha tanta paura che io ne sia sicuro?
Perchè è incredibile.
Pesò un silenzio.
De Vincenzi aspettò che l'altro avesse riacquistato un po' gli spiriti e poi scandì, e in questa casa, ieri notte, hanno ucciso un uomo.
Il giovane balzò in piedi, ma dovette appoggiarsi al tavolo, perchè le gambe gli vacillavano.
Non vorrà dire..., perchè insinua?
Lei sa di chi parla?
Non voglio dire e non insinuo nulla, segga, è meglio discutere tranquillamente.
Remigio tornò a sedere e cadde quasi di peso, sulla seggiola.
Guardava il commissario con terrore.
Mi dica tutto, la scongiuro, mi dica tutto.
Non posso dire più di quanto le abbia detto, ma è lei invece, che può e deve dirmi tutto.
Non so.
Perchè è uscito all'una?
Per le sigarette.
Non si esce a quell'ora, per comperare sigarette.
Quando si ha il vizio, come l'ho io, si fa di peggio.
Ad ogni modo, se è uscito all'una, non può non avere incontrato qualcuno per le scale.
Il giovane ebbe un'esitazione, ma fu breve.
Non sono uscito all'una, le ho mentito, non so neppure io il perché, forse, ho subìto

involontariamente la suggestione dell'ora indicatami da lei, sarà stata la mezzanotte, fors'anche qualche minuto prima.
E non ha incontrato nessuno?
Sì mi è parso, davanti a me dopo il secondo piano, scendeva un uomo, l'ho visto soltanto alla schiena, perchè lui s'è affrettato, quando ha sentito il mio passo.
E non l'ha riconosciuto?
No, aveva un cappello grigio e un soprabito scuro lungo fino ai piedi.
Ah, e la porta di Aurigi, del signor Aurigi era aperta?
Remigio si diede un colpo con il palmo sulla fronte, adesso mi ci fa pensare, doveva essere socchiusa, ne ebbi la percezione senza proprio notarlo con sicurezza, quando passo davanti a quella porta, giro lo sguardo altrove.
Uscì alla mezzanotte dunque, e poi?
E poi nulla, sono andato in Piazza del Duomo, ho realmente preso le sigarette e sono tornato a casa.
E ha trovato il portone chiuso?
Aperto, ma questo capita spesso, è quasi sempre aperto il portone di questa casa.
Uhm.
De Vincenzi rifletteva.
Così anche quest'altro era uscito dalla sua soffitta proprio nel momento in cui uccidevano o avevano ucciso da poco Garlini, e anche lui s'era trovato nei pressi di quell'appartamento insanguinato e anche lui aveva relazioni intime

con uno dei personaggi principali di quella vicenda aggrovigliata e tanto oscura adesso per lui, quanto lo era al momento in cui la voce placida di Maccari gli aveva detto al telefono che un cadavere era stato scoperto in via Monforte quarantacinque.

Molte cose indubbiamente, aveva scoperto De Vincenzi. Intanto, s'era creata in lui l'intima profonda convinzione che Aurigi non avesse ucciso e neppure Marchionni e Maria Giovanna. Chi, allora?

Procedeva per eliminazione, metodo soltanto apparentemente sicuro, basta lasciarsi influenzare da qualche circostanza male interpretata, o peggio ancora, dalla propria anche inconfessata convinzione, perchè l'errore si renda irreparabile.

Adesso, non rimanevano che poche persone sospette, se il cerchio del dramma doveva considerarsi chiuso, forse due, forse una sola.

Questo giovanotto, che gli stava davanti, era tutto preso dalla sua passione amorosa, glielo si leggeva in volto, negli occhi, che ogni tanto fissavano il ritratto di Maria Giovanna e brillavano allora febbrilmente.

Fin dove aveva potuto condurlo quel suo amore? Già aveva agito stranamente, andando ad abitare proprio nella casa di Aurigi, perchè lo aveva fatto?

Per una specie di crudele e martoriante bisogno di sentirsi vicino a colui, che gli spezzava la vita?

Per ergersi ad ogni istante, vivente immagine del rimprovero, davanti a colei, che aveva strangolato l'amore puro e buono del proprio cuore, cedendo ai doveri di figlia, forse ad un'atavica legge di obbedienza e ad una ferrea esigenza di quella casta?

Oppure, aveva qualche disegno, disperatamente folle e nello stesso tempo lungamente meditato?

Ma allora come mai improvvisamente veniva a trovarsi in mezzo al dramma di quelle tre anime il banchiere Garlini, con i suoi quaranta milioni?

Era mai possibile che quel giovane dall'aspetto leale, dagli occhi chiari e limpidi, dalla vasta fronte luminosa, avesse in sè tanta sottile perfidia da concepire un delitto mostruoso, per cui farne ricadere la colpa sul suo rivale e perderlo?

Certo, la sua abilità – abilità consumata da delinquente – sarebbe stata realmente diabolica a preferire, per sbarazzarsi di Aurigi, quel modo indiretto all'altro molto più pericoloso per lui di un tentativo diretto contro la persona del fidanzato di Maria Giovanna.

In quest'ultimo caso, i sospetti si sarebbero portati immediatamente sul giovane abitatore della soffitta, così invece De Vincenzi pensava a tutto questo e continuava a guardare Remigio Altieri.

Questi appariva assorto, lampi di terrore gli passavano negli occhi. Era evidente lo sforzo che adesso faceva, per non guardar più il ritratto di Maria Giovanna, quasi ne avesse paura e vergogna.

Il commissario ad un tratto, si alzò, con un gesto così improvviso e determinato, che Altieri sussultò e lo guardò con ansia.

Sembrava che De Vincenzi avesse voluto reagire a se stesso, prendendo una risoluzione definitiva.

Dunque, lei non vuol dirmi altro?

Ma che cosa potrei dirle?

Il commissario era sull'uscio, chiese con indifferenza, quando ha visto per l'ultima volta Maria Giovanna?

Remigio, colto di sorpresa balbettò, ieri.

Nel pomeriggio?

Già.

A che ora?

Saranno state le cinque, le cinque e mezzo, non so.

Dove?

L'esitazione del giovane si mutò in evidente imbarazzo.

Disse, , ma perché, perchè lo vuol sapere proprio da me? e l'accento della sua preghiera era penoso.

De Vincenzi continuava a rimanere sull'uscio, lo sbarrava con la sua persona.

Glielo dico io quando l'ha vista, saranno state le cinque ed usciva da questa casa quasi correndo.

Se lo sa, fece l'altro.

L'ha vista prendere un taxi?

Sì.

E lei l'ha seguita, battè incisiva la voce del commissario.

Ma Altieri gridò, no, no. Non l'ho fatto, questo non l'ho fatto.

E stremato, con i nervi doloranti, senza più forza e controllo, scoppiò in un pianto convulso, De Vincenzi chiuse la porta e scese le scale.

Tentativi

In Questura, De Vincenzi trovò Cruni, che lo aspettava.
Ho fatto tutto quello che lei mi ha ordinato dottore, gli disse il brigadiere avvicinandosi, aveva l'aria trionfante.
Il commissario lo guardò.
Ieri notte il Conte Marchionni non è andato, nè al Clubino, nè al Savini.
E poi? chiese il commissario De Vincenzi con indifferenza.
Cruni ebbe un gesto di stupore, dopo tutte le raccomandazioni che gli aveva fatto, non si dava ragione di quell'indifferenza.
Oh, sono stato prudente, non dubiti, ma al Clubino ogni socio deve mettere la firma sul registro quando entra e quando esce, e mi è stato facile consultare il libro, senza neppur dirne la ragione al portiere, e in quanto al Savini, tutti i camerieri conoscono il conte e mi è bastato interrogarli con l'aria di nulla, per apprendere la verità.
E poi?
Ah, vuol sapere quando è rientrato al palazzo?
Saranno state le due, è tornato in taxi assieme a sua figlia, la signorina sembrava sofferente mi ha detto il portinaio, che mi sono lavorato a dovere, sa. Quello non parlerà di certo, rimane così assodato che il conte ha mentito.
Lo so, disse con noncuranza De Vincenzi, andando a sedersi al suo tavolo.

Lo sa? esclamò il brigadiere con gli occhi spalancati, allora, io....
Tu hai fatto egregiamente il tuo dovere, caro Cruni, e ti ringrazio. Soltanto, adesso questa è storia vecchia, i fatti precipitano, amico mio.
Ha trovato?
Non ho trovato niente.
Muoveva le carte, gli capitarono fra le mani i due volumi, che stava leggendo la notte prima, quando in quella stanza era entrato Aurigi e sospirò, ah potersene tornare ai suoi libri, non occuparsi più di delitti e di reati, adesso capiva le parole di Maccari. Anche lui, come Maccari, in quel momento, avrebbe voluto ritirarsi in campagna, ma almeno Maccari aveva fatto presto a liberarsi dall'ossessione di quell'orribile storia, lui invece, non poteva, non doveva.
Pensò a Giannetto, a Maria Giovanna, a quell'altro disgraziato che piangeva lassù nella camera dell'ultimo piano.
Sentì di nuovo alle orecchie la voce ironica del giudice istruttore, quali novità vuole avere, lei?
Infatti, quali novità aveva e che cosa gli avrebbe detto, tra poco, alle quattro?
Guardò l'orologio, erano le due, aveva mangiato un boccone in fretta, era stato al Monumentale, aveva saputo che il proiettile che aveva ucciso Garlini era uscito proprio dalla rivoltella trovata nel cassetto chiuso del mobile, si toccò le tasche del soprabito e sentì la forma delle due rivoltelle, una per tasca. Avrebbe dovuto depositarle nel suo ufficio, tra i corpi di reato, il rossetto rosso

per le labbra, la fialetta del veleno, la lettera di Aurigi, la ricevuta di Garlini, il mezzo biglietto della poltrona della Scala.

Aveva tutto in tasca invece.

Bah, tra poco avrebbe consegnato quegli oggetti al giudice istruttore, dicendogli, se la sbrighi lei.

E il giudice se la sarebbe sbrigata facilmente, facendo arrestare Aurigi.

Sospirò.

Cruni lo guardava.

Eh amico mio disse il commissario, tanto per dire qualche cosa.

Il Questore ha chiesto di lei, disse timidamente il brigadiere.

De Vincenzi alzò le spalle.

Guardava il calendario, ancora quegli stessi due numeri rossi, che aveva indicato a Giannetto, per obbligarlo a confessare la perdita fatta in Borsa, rivide per una strana associazione d'idee, la Banca di Garlini, il cassiere rossigno e apoplettico che gli diceva, con un pacco di fogli da mille nelle mani, li ho presi davanti a lui vede?

Erano cento e adesso sono ottanta, vuol contarli?

Ebbe un sobbalzo, come aveva fatto a trascurare quell'indizio?

Si calcò il cappello, s'era raddrizzato, lo sguardo gli brillava.

Vieni con me, ordinò a Cruni.

Il brigadiere si mise in fretta il soprabito e prese il cappello.

Tu sai dove abita Garlini?
In via Leopardi.
Presto.
Subito fuori del grande portone sulla piazza, si gettò in un taxi, un collega lo salutò e lui non lo vide neppure.
Via Leopardi! gridò all'autista.
Dopo dieci minuti, scendeva con Cruni davanti al portone di Garlini.
Trovò una vecchia governante, che, appena lo vide e seppe chi era, cominciò a lacrimare e a soffiarsi il naso.
Lui la interrogò in fretta, senza molti complimenti.
No, il signore la sera prima, non era tornato a casa per il pranzo, no, lei non lo aveva più visto dall'ora della colazione, dove metteva i denari?
Gli indicò una piccola cassaforte, era abituato a tenerci molti valori? No, pochi, l'indispensabile per le spese di casa.
De Vincenzi si ricordò di avere in tasca il piccolo mazzo di chiavi trovato nelle tasche del morto, c'era quella della cassaforte naturalmente, una cassaforte semplice, senza cifra. L'aprì e non vi trovò che buste, documenti, un migliaio di lire, qualche pacco di lettere di donna, legate con nastrini colorati.
Eppure Garlini era uscito dalla Banca con ventimila lire in tasca.
De Vincenzi sembrava soddisfatto, sorrideva, battè amichevolmente sulla spalla di Cruni, che non capiva nulla, neppure le ragioni di quella

perquisizione fatta in quel modo, senza frugare in nessun luogo, dando soltanto un'occhiata alla cassaforte.

E adesso andiamo, disse.

Quando furono sul portone, guardò di nuovo l'ora, erano quasi le tre.

Prendiamo il tram disse, voglio arrivare alle tre e mezzo e non prima.

Alle tre e mezzo, entrò nell'appartamento di Aurigi.

Nell'anticamera trovò l'agente.

Nulla di nuovo?

Nulla, e l'agente gli si avvicinò, per fargli il resoconto di quelle ore.

Aurigi non aveva mangiato, era rimasto sempre in salotto, là dove il commissario lo aveva lasciato.

Non s'è neppure mosso disse l'uomo.

E l'altro?

In cucina o nella sua stanza, ha voluto offrirmi da mangiare, mi sembra tranquillo, ad ogni modo, cortese lo è di certo.

Già, fece De Vincenzi.

Ed entrò in salotto.

Salutò Giannetto, ostentando allegria.

Bella giornata oggi, dopo il nebbione della notte, c'è il sole.

Aurigi fece con ironia, è naturale, dopo la nebbia, c'è sempre il bel tempo.

Parlava per parlare, s'era alzato, non gli chiedeva neppure quel che avesse fatto, se fosse sicuro di scoprire l'assassino, sembrava che il delitto non fosse neppure avvenuto per lui, che tutto quel che poteva accadere non lo riguardasse.

De Vincenzi aveva lasciato la porta d'ingresso aperta e vide Cruni, che introduceva nel salotto il conte Marchionni e Maria Giovanna.

La giovane era vestita come alla mattina, guardò De Vincenzi con occhi smarriti.

Il conte aveva ritrovato la sua sicurezza, era altero e corretto, gran signore che si reca a fare una visita di dovere.

S'inchinò col capo al commissario.

Eccoci qui disse, e aveva l'aria di chiedergli, come a un dipendente, che cosa ha fatto?

Che cosa intende fare?

De Vincenzi per tutta risposta, indicò a lui e alla contessina il divano, seggano, prego.

Andò alla porta del salotto e chiamò Cruni, gli sussurrò qualche parola all'orecchio e il brigadiere si affrettò ad uscire.

Poi De Vincenzi ordinò all'altro agente, andate sul pianerottolo e chiudete l'uscio, aspettate il giudice, e quando sarà entrato, andate giù in portineria con Cruni, il brigadiere sa quel che dovete fare.

L'agente chinò il capo, va bene dottore.

E se ne andò anche lui.

Adesso, l'anticamera era deserta, De Vincenzi diede un'occhiata alla camera del domestico, che aveva la porta aperta, e vide Giacomo accanto al letto, che leggeva.

Allora, chiuse la porta del salotto ed estratta di tasca la rivoltella, che aveva tolto al cameriere, la mostrò ad Aurigi.
Conosci questa rivoltella?
Giannetto non esitò, è la mia, doveva trovarsi nel cassetto di quel mobile, non la tocco da anni.
Va bene fece il commissario e si rimise la rivoltella in tasca, estrasse poi l'altra, che aveva trovato nel cassetto, e questa?
Aurigi spalancò gli occhi, quella non l'aveva mai vista.
Questa, disse con forza De Vincenzi è la rivoltella che ha ucciso Garlini, il perito di balistica me lo ha confermato.
Ravvolse l'arma in un fazzoletto la depose sul tavolo.
Gli altri lo guardavano agire, lui fece una pausa lunga, ebbe una breve titubanza, poi andò in un angolo della stanza, dove aveva visto un campanello, e suonò.
Dopo appena qualche secondo, quasi fosse stato dietro la porta, pronto a quella chiamata, l'uscio si spalancò e comparve Giacomo.
Il volto glabro del cameriere era impassibile, ma un osservatore attento avrebbe notato nelle sue pupille uno strano bagliore, che poteva essere di curiosità, come d'inconfessata apprensione.
De Vincenzi lo fissò un istante, poi gli disse, volete portarmi un bicchiere d'acqua?
Il cameriere s'inchinò e andò in cucina.

Allora, il commissario si diresse all'uscio d'ingresso, e aperto, chiamò l'agente che si trovava sul pianerottolo.
Venite qui voi.
Lo fece entrare nella sala da pranzo e gli indicò la rivoltella ravvolta nel fazzoletto.
Prendete quella rivoltella, ma state bene attento di non togliere il fazzoletto e di non toccarla.
Si teneva vicino il tavolo e parlava lentamente, quando l'agente tese la mano per prendere l'arma, fece un breve gesto per fermarlo.
Aspettate, devo dirvi qualche altra cosa, darvi altre istruzioni.
Cercava di guadagnar tempo, e soltanto quando sentì che Giacomo gli era dietro, si girò di colpo e prese con precauzione, toccandolo con due dita, il bicchiere, che il cameriere portava sopra un piatto, vuotò rapidamente l'acqua in un vaso da fiori, che si trovava sul tavolo, e toltosi un altro fazzoletto dal taschino della giacca, ne ravvolse il bicchiere e lo porse all'agente, e prendete questo.
La voce gli si era fatta dura, tanto sulla rivoltella quanto sul bicchiere ci sono impronte digitali, andate subito all'ufficio di Polizia Scientifica e fatemele rilevare, ma presto, tra un'ora voglio le fotografie.
L'agente, con quei due fazzoletti bianchi nelle mani, uscì rapidamente.
Il volto di Giacomo si era fatto pallido, ma nessun turbamento era visibile in lui, piuttosto una certa insolenza ed un leggero sarcasmo.

Tese la mano destra aperta verso De Vincenzi, vuol prendere le mie impronte?
Il commissario gli diede un'occhiata e estrasse dalla tasca un foglio di carta bianca.
Fate vedere, ordinò con voce secca, mettendo il foglio sul tavolo.
Giacomo sorrise largamente, e tese la mano aperta, premette i cinque polpastrelli delle dita sulla carta, si fermò in quel gesto, quasi per sfida, fissava il commissario.
De Vincenzi lo osservava e gli chiese, come vi chiamate realmente voi?
L'altro alzò le spalle, Giacomo Macchi.
Lo saprò tra poco il vostro vero nome, non è questo, sotto questo nome non figurate negli archivi della Polizia e voi siete troppo pratico del modo con cui si prendono le impronte digitali, per non avere un passato infamante, da quanto tempo siete in questa casa?
Gliel'ho detto, due anni.
E prima?
Il cameriere accentuò la sua insolenza, ho portato i benserviti, del resto, lo chieda al signore.
Indicò Aurigi che lo guardava.
Lui era contento di me, non gli ho mai rubato nulla in due anni.
L'interrogatorio procedette serrato, era evidente la intenzione di De Vincenzi di non dargli tregua.
E ieri sera, a che ora siete uscito di qui?
Saranno state le dieci, forse prima.

La portinaia non vi ha visto uscire.
Ma non può dire neppure di avermi visto uscire più tardi, disse l'altro con accento di trionfo.
Infatti, ma dopo mezzanotte il portone è chiuso.
Come fa a dire che sono uscito dopo mezzanotte?
C'è chi vi ha visto.
Ne è proprio sicuro? chiese Giacomo, scetticamente.
De Vincenzi giocava tutto per tutto, o riusciva a fargli confessare subito o sapeva troppo bene che quell'uomo non avrebbe mai più confessato.
Tra poco sarà qui colui che vi ha visto, disse con sicurezza, e vi riconoscerà.
Sarò lieto di guardarlo bene in faccia, questo colui.
Si vedeva che il cameriere era ben lontano dal sentirsi perso, ad ogni modo doveva essersi trovato altre volte in casi simili, perchè aveva una sicurezza troppo tranquilla.
Lo guarderete in faccia alle sedici.
Giacomo si girò verso il pendolo, bah, ancora un quarto d'ora.
Il pendolo segnava le sedici e tre quarti e De Vincenzi afferrò l'uomo per un braccio, quel pendolo segna le sedici e tre quarti.
Ho visto fece Giacomo, ma quella lì è avanti di un'ora.
Come lo sapete?
L'uomo questa volta apparve sorpreso.
Eh? fece per guadagnar tempo.

Dico, ripetè battendo le sillabe il commissario, dico come sapete che quel pendolo va avanti di un'ora?

L'interrogato esitò un secondo, ma un secondo solo.

È guasto, dovevo portarlo ad aggiustare, con voce stanca Aurigi intervenne, non è vero, Giacomo, quel pendolo andava benissimo, è sempre andato benissimo.

Giacomo sussultò e si girò verso il padrone, con un gesto di collera, anche lei adesso, sarà andato bene, ma oggi va male.

Poi dovette avere un'idea, perchè gli occhi gli si illuminarono e ritrovò la propria sicurezza.

Del resto, disse, rivolgendosi al commissario poco fa è stato proprio lei a far notare davanti a me che quel pendolo segnava un'ora di più.

Era vero, De Vincenzi ricordava.

Già, e va avanti, perchè voi ieri sera, l'avete mossa.

Io?

E perchè lo avrei fatto?

Perchè lo abbiate fatto ve lo dirò tra poco, è stata una sottile invenzione, che mi ha dato subito la misura della vostra intelligenza, una intelligenza da malfattore veramente notevole, ma comunque, questo non è un fatto straordinario, il fatto straordinario è un altro. Che voi non abbiate pensato a rimetterlo apposto, dopo aver assassinato il banchiere Garlini e quando, prima di fuggire, avete messo la rivoltella omicida in quel cassetto,

chiudendolo a chiave e portandovi via la chiave, assieme alla rivoltella del vostro padrone.
Il cameriere lo aveva ascoltato, senza che il sorriso scomparisse dalle labbra.
Ma che sta dicendo, la sua fantasia corre, se tutto questo fosse possibile provarlo.
Infatti, De Vincenzi lo sapeva benissimo, lui stava lavorando di fantasia e anche questa volta non aveva una sola prova, certo il suo intuito gli diceva che toccava il punto giusto, ma come dimostrarlo? Quello lì non avrebbe mai confessato.
Si mise a camminare per la stanza, a passi rapidi, nervosamente, ad un tratto si fermò di nuovo in faccia a Giacomo.
Un errore il vostro, tutto calcolato, tutto congegnato a meraviglia e per una dimenticanza tutto all'aria, se aveste rimesso a segno le sfere di quel pendolo, io non avrei potuto sospettare di voi.
E invece adesso? chiese insolentemente l'altro.
Adesso, so chi è stato ad uccidere Garlini.
Fantasia, ho un alibi, lo può controllare. E poi perchè lo avrei ucciso?
Lo conoscevo appena.
E il suo denaro?
Quale?
Crede che si uccida un uomo per derubarlo e che poi gli si lascino in tasca cinquecento lire?
A quelle parole il conte, che aveva sempre taciuto, assistendo a quella scena con ansia

contenuta, diede un balzo e fece qualche passo verso il cameriere.

Anche Aurigi sussultò.

Ma De Vincenzi li trattenne con un gesto e prevenne ogni loro domanda.

Come fate a sapere, chiese, fissando l'uomo negli occhi che Garlini aveva cinquecento lire nel portafogli?

Giacomo ebbe un attimo di smarrimento, ma, quando gli altri si aspettavano che tacesse o che si afferrasse a qualche frase vaga, scoppiò in un breve riso, estrasse di tasca un giornale, lo aprì e lo mise aperto sul tavolo.

Legga lì dentro disse con calma, legga lì dentro e vedrà come tutti possono sapere che sul cadavere è stato trovato un portafogli da frak contenente cinquecento lire ed alcuni biglietti di visita.

De Vincenzi, ebbe un atto di dispetto, il conte stringendo i pugni, ritornò sul divano.

Giannetto si era lasciato ricadere, di nuovo preso dalla sua apatia tragica.

E Maria Giovanna, che non aveva ascoltato nulla e visto nulla, continuò a pensare alla rovina del suo cuore e della sua vita, e a quel suo povero Remigio, che lei amava.

La conferenza di De Vincenzi

Quell'uomo si sapeva difendere.
Ma il dispetto scomparve rapidamente dal volto di De Vincenzi. Troppo abile, s'era tradito.
Quando avete letto quel giornale? chiese il commissario, riprendendo l'interrogatorio.
Stamane.
Qui, in casa, giornali non ce n'erano, procurarvelo mentre eravate di là, adesso, non avete potuto, quindi lo avevate con voi e lo avete letto prima di venire qui, è così.
Il cameriere non capiva, chiese naturalmente, e se fosse così?
Oh, nulla, disse il commissario con un breve sorriso, ma precisiamo, voi ammettete di aver letto quel giornale prima di entrare qui dentro due ore fa?
Ma sì, l'ho detto, e non vedo che importanza abbia.
E allora, perchè avete finto di non saper nulla, quando vi ho interrogato?
Perchè siete entrato in questa casa, come se nulla vi fosse accaduto? Perchè avete giocato l'indifferenza dell'uomo, che non sa, e che ha la coscienza tranquilla?
Le domande s'inseguirono rapide e martellanti.
Giacomo era evidentemente colpito, tacque, si guardò attorno come una bestia presa al laccio, i suoi occhi mandarono fiamme.
E per l'ultima volta, in quel giorno così pieno di avvenimenti drammatici, il trillante, innocente,

inconsapevole campanello della porta d'entrata suonò a lungo.
Come le altre volte, tutti sussultarono.
De Vincenzi girò lo sguardo verso l'uscio quasi con ira, poi guardò Giacomo e il volto gli s'illuminò, aveva avuto un'idea, disse a se stesso, è questo l'unico modo.
E ordinò al cameriere, riprenderemo più tardi il discorso, adesso andate ad aprire, piuttosto.
Come se avesse capitoo che il commissario gli stava tendendo un tranello, l'uomo esitò, ebbe un gesto, guardò di nuovo attorno a sè e poi senza affrettarsi, si diresse verso la sala d'ingresso.
Marchionni strinse i pugni e fece per seguirlo, ma che cosa fate?
È lui il colpevole, fuggirà.
De Vincenzi fermò il conte con un gesto brusco, lo inchiodò quasi materialmente al suo posto con lo sguardo.
Giacomo intanto, aveva aperto la porta e si era fatto da parte, per far entrare il giudice istruttore, seguito dal cancelliere, poi richiuse la porta ed entrò nella sua stanza.
Il giudice istruttore avanzava rapido e sorridente, era un uomo di una trentina d'anni, con un volto comune, un aspetto comune, aveva gli occhiali sul naso, e poichè essi ogni tanto gli scivolavano, lui, con un movimento rapido, meccanico, da sembrare un tic nervoso, li riconduceva al loro posto.

Appena entrato nella sala, guardò in volto quei tre uomini e vide appena Maria Giovanna, che non s'era alzata dal divano.
Il commissario? chiese in giro.
De Vincenzi s'inchinò.
Ai suoi ordini, signor giudice.
Ebbene, abbiamo proceduto?
Mi sembra un delitto di facile soluzione, vero?
E poi, aggiunse con ironia, lei avrà certo le novità, che mi ha preannunciate.
Accomodandosi gli occhiali, guardò il conte e Maria Giovanna, che, scossasi dal torpore, si era sollevata sulla persona e che si alzò lentamente.
E questi signori?
Il conte Marchionni e sua figlia, presentò De Vincenzi, testimoni? chiese il giudice, stringendo la mano al conte.
Il commissario assunse una leggera aria di trionfo.
Credo che si possa fare a meno anche di loro.
Ah, fece il giudice fissandolo.
Poi dicendo, bene, bene, si diresse verso il tavolo e sedette, facendo cenno al cancelliere di sedergli accanto.
Il cancelliere tolse da una busta di pelle alcune carte e le dispose sul tavolo.
De Vincenzi si era messo in modo da poter osservare la sala d'ingresso, era soprattutto alla porta della stanza del domestico, che teneva gli occhi fissi, se i suoi calcoli erano giusti, adesso si sarebbe dovuto produrre il fatto decisivo, ma

intanto gli occorreva acquistar tempo, nell'attesa.
E parlò.
Un delitto volgare, meravigliosamente concepito ed eseguito, i francesi chiamano i delitti di tal genere, crapuleux. Ma questo ha caratteri particolarmente intelligenti, ha avuto per scopo il furto, furto volgare di denaro.
A queste parole, Marchionni e Giannetto, che sapevano come si fossero trovate cinquecento lire nel portafogli di Garlini, ebbero un gesto di meraviglia.
De Vincenzi, pur tenendo sempre d'occhio la sala d'ingresso, notò quel gesto ed ebbe un sorriso.
Questa mattina, prima di venire qui, disse rivolto ad Aurigi, ho passeggiato anch'io e in piazza Cordusio mi sono fermato alla Banca Garlini, ho interrogato gli impiegati della Banca e ho saputo che ieri sera Garlini aveva preso dalla cassaforte ventimila lire e se le era messi in tasca. Poichè ho potuto constatare che in casa sua quel denaro non c'è, è evidente che lui doveva averlo con sè, ieri sera.
Si girò di nuovo al giudice.
Questa sicurezza, mi ha permesso di escludere il movente passionale, per ammettere invece quello volgare. Certo, all'inizio, chiunque avrebbe seguito la pista della ricevuta del mezzo milione, e avrebbe commesso un errore irreparabile, ma, se l'aver lasciato nel portafogli cinquecento lire è stato un tratto geniale,

capace di fuorviare le ricerche al principio, esso rientra nel quadro generale della premeditazione e dell'accurata sottile preparazione. Non soltanto il ladro ha ucciso, ma ha ucciso tendendo una così salda rete di indizi contro altre persone, che sospettare di lui sarebbe stato impossibile, se le pendole non avessero per compito di battere le ore e se io non avessi contato i colpi di quel pendolo.
Indicò col dito il pendolo sul caminetto, che segnava adesso le sedici.
Vede, signor giudice, le sedici, mentre sono le quindici. E ieri segnava le undici, quando erano le dieci, le undici meno una.
Fece una pausa. L'anticamera era sempre vuota, per un momento temette che Giacomo fosse uscito da un'altra porta, ma si disse che era impossibile, l'appartamento era stato visitato in ogni parte, e in quanto alle finestre, non si poteva neppure pensare che un uomo facesse un salto di una ventina di metri.
Vuole, signor giudice, gli elementi di fatto dai quali può dedurre in questo momento l'accusa, per ordinare l'arresto del colpevole e per procedere a cuor sereno alla sua incriminazione?
Non chiedo altro disse il giudice, che non capiva tutta quella loquacità del commissario.
Eccoli, un pendolo messo avanti di un'ora, una rivoltella chiusa in un cassetto, l'ammissione spontanea e non richiesta del presunto colpevole di aver ascoltato un colloquio svoltosi

in questa stanza nel pomeriggio di ieri, una telefonata fatta al Commissariato Duomo per far scoprire l'assassino al più presto e comunque durante la notte, ed infine alcune impronte digitali, che potranno rivelarci molto, ma che potrebbero anche non rivelarci nulla.

Tutti qui, pensava tra sè il giudice. Tutti chiacchieroni, presuntuosi, sicuri di se stessi, questi benedetti commissari. Loro indagano, scoprono e non forniscono mai prove sicure e chi poi si trova nei guai è il povero giudice.

Vedo, vedo, disse accomodandosi gli occhiali sul naso.

Non vedeva nulla lui.

Bene, bene, ma finora indizi, abilmente messi in valore, ma soltanto indizi. Nessuna confessione, e se lei si sbagliasse, caro commissario? Se seguisse le orme ingannevoli di una fantasia giovanilmente ricca, per abbandonare quelle più sode della realtà?

A me sembra invece, che l'assassino, se leggiamo il nome scritto su questa porta, i bilanci della Banca, se esaminiamo la vita del morto e del presunto uccisore, ha per così dire, firmato il proprio delitto.

Giannetto non si era turbato, sapeva troppo bene lui, che le prove erano lì, chiare e lampanti, ad accusarlo, ma davvero avrebbe preferito che tutto quel martirio finisse una buona volta e che lo accusassero, lo condannassero. Non poteva pensare di

riprendere l'esistenza di prima, adesso che si sentiva l'anima smarrita e il cuore a pezzi.
Infatti rispose De Vincenzi al giudice, chinando la testa.
Da qualche istante, si sentiva meno sicuro di se stesso, quello che aveva previsto non accadeva, se realmente lui si fosse sbagliato?
Se tutti gli indizi avessero parlato contro il cameriere, come avevano parlato contro gli altri, vale a dire, per volontà del caso, contro un innocente?
Sapeva troppo bene, il commissario, che si stava giocando la posizione e la carriera, quell'ometto magro, con gli occhiali che non stavano mai fermi, doveva essere molto tenace nelle sue idee, come convincerlo, lui?
E fissava la sala d'ingresso, la porta della camera del domestico, con tutta l'anima negli occhi.
Ad un tratto il volto gli si illuminò.
Sulla porta aveva visto comparire Giacomo e il cameriere aveva il soprabito addosso e il cappello in mano, si guardava attorno ed esitava.
Subito De Vincenzi si girò, per non far scorgere di averlo visto, e riprese a parlare, alzava la voce a disegno e faceva il maggior rumore possibile, per coprire i passi dell'assassino, che lui solo sentiva.
Infatti, tutto quanto lei dice è la pura ragione, che lo afferma. Il nome sulla porta, i bilanci della Banca, la vita del morto, soprattutto

l'esistenza condotta negli ultimi mesi dal presunto uccisore, tanti fatti, tante prove, ma vede signor giudice, talvolta i fatti ingannano e le prove mentono, che cosa occorre, perchè si abbia la certezza?
Sì, che cosa occorre?
Sentì i passi avvicinarsi all'uscio d'ingresso sentì quell'uscio cigolare sui cardini lentissimamente, percepì il leggero scrocco della serratura che scattava, per rinchiudersi.
Mandò un sospiro di sollievo e parlò con voce mutata.
Ma la realtà è questa signor giudice, che un assassino non firma mai il proprio delitto.
Con accento di trionfo continuò, no signor giudice, un assassino non firma mai il suo delitto, mentre talvolta firma la sua confessione, e il nostro assassino ha confessato.
Il giudice sobbalzò in modo tale, che questa volta gli occhiali gli caddero sul tavolo.
Strizzando gli occhi miopi, si protese verso il commissario.
Ah, ha confessato, ha detto proprio così, lei?
Ma se poco fa diceva....
Poco fa non aveva confessato, ha confessato in questo stesso istante fuggendo.
Fuggendo? urlò il giudice, alzandosi, ma che dice?
Si guardò attorno realmente spaventato, nessuno di coloro che aveva trovato nella stanza si era mosso dal suo posto.
Chi è fuggito?

Con semplicità, quasi dicesse la cosa più naturale e più ovvia, il commissario rispose, Giacomo Macchi, il cameriere, l'assassino.
Il giudice lo guardò con stupore.
Ma se è stato lui ad aprirmi la porta, almeno, immagino che sia stato lui, perchè l'uomo che l'ha aperta aveva tutto l'aspetto di un cameriere, come sa che è fuggito, lei?
L'ho visto fuggire da questo specchio.
E De Vincenzi indicò uno specchio appeso alla parete, dal quale si poteva vedere l'uscio d'ingresso.
Adesso, il giudice era pieno di stupore, alzò le braccia al cielo.
Ah, perbacco, e lei lo ha guardato fuggire e non s'è mosso?
E che cosa aspetta, adesso, per farlo inseguire?
Aspetto, che sia lontano, che cerchi di nascondersi, che firma in modo chiaro e lampante la sua confessione, non avevo altro mezzo per farlo confessare, che questo, dargli la possibilità di fuggire, lui è un abile furfante ma è caduto nel tranello che gli ho teso. Non andrà molto lontano, non dubiti.
Guardava il giudice, che non riusciva a riacquistare i propri spiriti e quasi sorrise, poi lo toccò dolcemente sul braccio.
Segga invece, signor giudice, la prego, segga di nuovo.
Come dominato da quella sicurezza tranquilla, il giudice sedette, De Vincenzi gli si mise di fronte e riprese.

Ecco, benissimo. Ora mi ascolti, le esporrò il modo con cui Giacomo Macchi ha ucciso il banchiere Garlini.

Fece una pausa, evitò di guardarsi attorno, sapendo che dietro di lui c'erano tre anime in pena, alle quali ormai le sue parole non avrebbero potuto portar alcun sollievo, perchè la tragedia l'avevano dentro di loro e non era soltanto quella del delitto commesso da altri. E poi continuò, che cos'è un delitto, signor giudice, quando esso non sia passionale?

È un'opera artistica, una opera perversamente, delinquenzialmente artistica, e per opera artistica m'intendo un componimento di fantasia, sobrio e conciso nella forma, equilibrato nei propri elementi costitutivi, serrato e logico, chiaro e armonioso, teso e vibrante. Orbene, nulla più del modo con cui questo delitto è stato concepito ed attuato può dirsi artisticamente perspicuo. Mi ascolti, signor giudice. Ecco l'antefatto, un groviglio d'interessi materiali e passionali fanno sì che almeno due persone desiderino ucciderne una terza. Una di queste due persone, ridotta all'estremo limite della disperazione, dice a se stessa e forse ad altri:, rovina per rovina, io lo uccido, e dà un convegno alla terza, la vittima, in casa sua per la mezzanotte, in questa casa vale a dire, e per ieri notte. Questo convegno e lo stato di disperazione della persona di cui parliamo, diciamo addirittura, signor giudice, di Giannetto Aurigi, sono noti al suo cameriere Giacomo

Macchi. Questi è un delinquente, che ha avuto molti conti da spartire con la Giustizia, lui è furbo e perfino geniale, sa che il proprio padrone è arrivato ad un punto, che può anche benissimo commettere un delitto, e pensa di poterlo prevenire, traendo ogni vantaggio per sè e facendo cadere tutti i sospetti su di lui, mi segue signor giudice?
E, allora cosa fa?
Oh, semplicemente questo. Sa che il padrone non porta mai orologio, e valendosi d'una tale conoscenza, che sembra insignificante e che è capitale, si appiatta, dopo aver messo per ogni buon conto il pendolo di questa sala un'ora avanti. Lui pensa, se Aurigi ritorna prima e guarda il pendolo, deve dirsi che è già trascorsa l'ora dell'appuntamento e che Garlini non verrà più, così l'assassino si affida al caso, esso può favorirlo, facendo nuovamente uscire di casa Aurigi e allora lui avrà il campo libero, ed è proprio questo, che è accaduto, signor giudice, comprende adesso?
E De Vincenzi continuò lentamente, pacatamente, ad illustrare la ricostruzione, che aveva fatto del delitto.

Epilogo

Circa due mesi dopo quelle ventiquattro ore in cui si erano svolti i tragici avvenimenti che abbiamo narrato, il commissario De Vincenzi si trovava nel suo ufficio di capo della Squadra Mobile, a San Fedele.
Erano le dieci di sera, di fronte, la città viveva giocondamente per le vie e per le piazze, nei ritrovi pubblici, il giovedì grasso di quel carnevale notevolmente più lungo degli altri anni.
De Vincenzi, chiuso nella stanza squallida, davanti alla scrivania macchiata e bruciacchiata dai sigari e dalle sigarette, alle poltrone consunte, al telefono nero e lucente, sembrava leggere un giornale. Sotto il foglio che teneva aperto sulla scrivania, c'era un libro aperto.
Aveva l'occhio fisso e vago, uno strano sorriso gli illuminava appena appena il volto.
Rivedeva una stanza linda, dai pochi mobili antichi e quasi preziosi all'ultimo piano, sul corridoio che conduceva alle camere dei domestici, un giovanotto biondo, dagli occhi chiari e leali, dalla fronte ampia e luminosa, che lo invitava ad entrare con cortesia semplice e spontanea, s'accomodi, immaginavo che sarebbe tornato molto presto. E così, ha saputo?
E poi quel giovanotto s'era messo a piangere, di un pianto convulso, agitato, rumoroso.

Sicuro, pensava De Vincenzi, povero ragazzo, le aveva passate le sue ore d'angoscia, e prima li aveva vissuti i suoi mesi e i suoi anni di dolore, ma adesso, finalmente, era felice. Quella mattina di marzo, proprio di giovedì grasso, aveva sposato Maria Giovanna.

Un po', il merito di quella felicità ce l'aveva anche lui, De Vincenzi, e non soltanto perchè aveva salvato Maria Giovanna dalla rovina di quel brutto delitto, liberando anche Giannetto Aurigi da ogni sospetto.

Ma perchè, la stessa sera di quel giorno in cui aveva finito la sua conferenza al giudice istruttore e aveva fatto arrestare l'assassino – che non avrebbe potuto andar molto lontano nella sua fuga, così pedinato com'era dal brigadiere Cruni – De Vincenzi aveva avuto un lungo colloquio col conte Marchionni.

Un colloquio difficile.

Il vecchio gentiluomo non sapeva nulla di quell'amore di sua figlia. Neppure la moglie aveva osato rivelarglielo, in un primo momento era scattato, ma usciva da una prova troppo terribile, e sua figlia con lui, perchè potesse irrigidirsi in una ostinazione, che non avrebbe potuto portargli, se non altri dolori.

E aveva dato il consenso, il che voleva dire per lui rinunciare anche alla speranza di un matrimonio ricco per Maria Giovanna e al sogno di ricostruire con i denari di un ipotetico genero, la fortuna della sua casa.

Aveva venduto il palazzo e pagato tutti i creditori, gli era ancora rimasta la piccola rendita di una terra nel Comasco, dove si era ritirato a fare il gentiluomo di campagna, in solitudine, con sua moglie e sua figlia.
E adesso Maria Giovanna s'era sposata.
Remigio Altieri era entrato in un giornale come redattore, il giovanotto aveva ingegno, buona volontà, dirittura. Si sarebbe fatto una posizione.
Erano felici.
Gli avevano mandato la partecipazione e sul cartoncino bianco, in mezzo al quale si leggevano soltanto i nomi degli sposi – un matrimonio semplice e quasi clandestino, perchè il vecchio conte aveva sognato ben altro e non era ancora riuscito a dimenticare completamente i propri sogni. – Maria Giovanna aveva scritto di suo pugno, al nostro buon amico e salvatore, con tanta affettuosa riconoscenza.
Quei due ormai erano a posto.
E De Vincenzi sorrideva.
Tutti i drammi umani, per terribili che siano, si chiudono sempre con un segno di vita rinnovata, con una rinascita, non è forse dalla morte, che germina la vita?
Perfino il cipresso è un albero verde.
De Vincenzi pensava a tutto questo e si attardava, quasi con ostinazione, sul ricordo di quei due giovani, immaginandoseli nella loro conquistata felicità, vedendoli davanti a sé,

perchè non voleva pensare al triste eroe di quel dramma, al suo amico d'infanzia.

Chiuso l'appartamento di via Monforte, che aveva in seguito lasciato libero, vendendone tutti i mobili, Giannetto Aurigi se ne era andato. Dove?

De Vincenzi non lo sapeva e ne soffriva.

Per Aurigi il colpo era stato forte.

Uno di quei dolori che spezzano qualcosa nel cuore irrimediabilmente. Che mostrano un lato atroce dell'esistenza umana, non mai prima conosciuto, tanto più forte quanto più Giannetto stesso, forse non sapeva di amare la sua fidanzata così profondamente come l'amava.

De Vincenzi lo aveva cercato e fatto cercare dovunque.

Forse, era andato all'estero, chissà dove, e non ne avrebbe avuto più notizie.

O invece lo avrebbe rivisto fra qualche anno, cambiato, invecchiato sia pure, ma risanato, comparirgli davanti grassoccio, appesantito, a dirgli con un sorriso, chi si ricorda più di nulla, amico mio. Il mondo è pieno di donne di ogni specie e belle quanto vuoi e pronte ad amarti.

Purchè invece non si fosse perso con le donne, in una vita di abiezione morale e di orge abbrutenti.

In quel punto bussarono alla porta e De Vincenzi ebbe uno scatto d'impazienza.

Ma subito pensò, servirà a distrarmi.

Riponendo il volume che aveva sul tavolo, nel cassetto, con un gesto che lui non dimenticava

mai di compiere e che ricordava quello degli scolari all'improvviso avvicinarsi del maestro disse, avanti.
Sulla soglia comparve Giannetto Aurigi.
Ah fece De Vincenzi, quasi non credendo ai suoi occhi, tu, e da dove sbuchi?
Giannetto aveva il volto grave, ma appariva sereno e tranquillo.
Avanzò lentamente, senza rispondere, appoggiò il cappello e il bastone su di una seggiola e sedette davanti all'amico, che si era alzato e lo guardava.
Sono venuto a salutarti, amico mio. Potevi, ben comprendere che non sarei scomparso, senza dir nulla a te, a cui devo quasi la vita, domani parto.
Ma non sei già partito? chiese De Vincenzi con comica meraviglia. Dove sei stato per due mesi?
A Milano, rispose l'altro. Soltanto non avevo desiderio di vedere nessuno, sono passato attraverso una crisi profonda, avrei potuto smarrirmi per sempre, ho creduto di perdere la ragione, la vita non aveva più scopo per me, mi dicevo il perchè di non farla finita?
Tu capisci che, con questi pensieri per la testa, non avevo davvero voglia di farmi vedere in giro, di cercare gli amici, di conversare con nessuno.
De Vincenzi ascoltava.
Lui parlava con voce pacata, anche quelle parole di disperazione le pronunciava con ponderatezza, riflettendo. Ed erano lontane da lui, non gli appartenevano più, si capiva che lui

ormai aveva superato quello stato d'animo, che poteva descrivere appunto perchè non era più il suo.
Ebbene? chiese il commissario, dopo un silenzio, adesso?
Oh fece Giannetto, con un sorriso, adesso è passata, domani parto. Sai dove vado? L'altro si strinse nelle spalle.
Vado in Abissinia, tu sai che sono tenente d'artiglieria come te del resto, abbiamo fatto la guerra assieme, ebbene, ho presentato la domanda di tornare nel servizio attivo e di andare in Colonia, l'hanno accolta, e domani a Genova, m'imbarco.
Si alzò e tese la mano a De Vincenzi.
Addio, amico buono e provato, spero che adesso tu non debba più pentirti di avermi salvato da un brutto passo.
Si abbracciarono.
Quando Giannetto se ne fu andato, De Vincenzi si accorse di aver gli occhi umidi.

Printed in Great Britain
by Amazon